ALEXANDER SCHÜSSLER

DER BLAUE GORILLA.

Bibliografische Information der Deutschen Nationalbibliothek: Die
Deutsche Nationalbibliothek verzeichnet diese Publikation in der
Deutschen Nationalbibliografie; detaillierte bibliografische Daten
sind im Internet über dnb.dnb.de abrufbar.

Herstellung und Verlag: BoD – Books on Demand, Norderstedt

ISBN: 978-3-7347-9773-6

Für euch

Inhalt

1 Stroh-Feuer. 9

2 Fahrt ins Glück. 19

3 Hugos Welt. 31

4 Superstress. 37

5 The big sorry. 45

6 Ab nach Shangri-La! 55

7 Zurück im Leben. 65

8 Leichte Geburt. 83

9 Gewonnen! 93

10 A gorilla is born. 107

11 Trixi unchained. 115

12 Unter Palmen. 121

13 In der Höhle des Gorillas. 127

14 Down and out in Sachsenhausen. 133

15 Pumpe on air. 141

16 Es lebe der Spot! 145

17 The future is golden. 155

18 Es wird ernst. 161

19 Um Kopf und Kragen. 169

20 Hochzeitsfantasien. 179

21 Neuigkeiten. 183

22 Noch mehr Neuigkeiten. 187

23 Watt mutt, dat mutt. 195

24 Bachelorprüfung. 205

25 Just in time. 217

26 Brautsuche. 223

27 Strandgut. 231

1
Stroh-Feuer.

Trixis Blick fährt mir bis in den Schritt. Es ist unser erstes Treffen seit der Firmenfeier von StrohCom vor einer Woche. Die Firmenfeier, auf der sie mich verführt hat. Tauche nie deinen Füller in Firmentinte, hat ja schon Stromberg gesagt. Aber was will man machen? Andererseits könnte es schlechter laufen. Denn Trixi Stroh ist die Tochter des Agenturinhabers und meine Kundin. Und wir sind mitten in einem Geschäftstermin.

„Also, der Text ist mir zu frech" , sagt Trixi, während ihre Finger Ballett auf der Tischplatte tanzen. „Das muss verbindlicher, und an die Headlines solltest du vielleicht auch nochmal ran, Fritz. Ich weiß nicht, ob Anglizismen zu dem Thema passen. Wir reden hier über ein deutsches, medizinisches Produkt, da sollte man auch ernsthaft und auf deutsch kommunizieren."

Wir reden über die Penispumpe, meinen aktuellen Job. Und natürlich ist eine Penispumpe ein medizinisches Hilfsmittel, das man mit der gebotenen Ernsthaftigkeit bewerben sollte. Wobei ich mich frage, wozu man im Zeitalter von Viagra noch Penispumpen braucht. Aber mal ehrlich, Leute: Penispumpen! Da poppen doch sofort alle möglichen zotigen Assoziationen auf, bevor man überhaupt einen ernsthaften Konzeptgedanken fassen kann! Man will ja auch noch ein bisschen Spaß bei der Arbeit haben. Also versucht man, die Grenzen beim Kunden auszuloten. In diesem Fall hatte mich unser nächtliches Tête-à-Tête inspiriert.

„PUMP IT UP hat dir nicht gefallen?" frage ich.

„Fritz …" Trixi lächelt mich verknallt an. „Wir müssen die Zielgruppe berücksichtigen. Für die lösen wir mit der … Penispumpe ein echtes Problem. Darüber sollte man sich nicht lustig machen."

„Na ja, ich beschreibe ja eigentlich nur den Prozess", sage ich.

Trixi schaut mich lange an. „PUMP IT UP, Fritz – das geht nicht. Echt nicht."

Die verschlingt dich ja mit Blicken kabelt Eddy. Klar. Die Merkmale eines Geschäftstermin zerbröseln mehr und mehr. Eddy, meine rechte Gehirnhälfte, ist in ihrem Element und schießt mir sofort ein Bild rüber. Ich sehe Trixi mit ihrem Alabasterkörper splitternackt auf mich zukommen, während ich mir den Zylinder der Unterdruckpumpe über mein edelstes Teil stülpe und hektisch den Gummibalg zusammenquetsche. Eine in diesem Augenblick vollkommen unpassende Vorstellung. *So, wie die dich eben angesehen hat …* schiebt der Eddy nach, *da könnte heute noch was laufen.*

„Quatsch", antworte ich und beiße mir sofort auf die Zunge, weil ich doch nicht mit meinen Gehirnhälften in der Öffentlichkeit reden will. Aber Trixi hat nichts gemerkt.

„Außerdem sind die Allermeisten ja schon älter", fährt sie leise fort, „und da ist Englisch einfach ein Problem. Verstehst du?"

Die letzten beiden Worte hat sie beinahe gehaucht, und eigentlich hätte sie mit „Schatz" enden müssen. Es wird ernst.

Als freier Texter muss man nehmen, was kommt, und man muss beim Geben von Widerworten vorsich-

tig sein. Allzu schnell ist der kostbare Geldgeber ver-
grault. StrohCom ist ein fetter Fisch. Und gerade jetzt
mein einziger Auftraggeber, auch wenn es hier um
einen scheiß Penispumpenjob geht, den ich mir weiß
Gott nicht ausgesucht habe. Der allerdings sehr gut
bezahlt wird. Mit Trixi darf ich es mir nicht verderben,
auch wenn ich PUMP IT UP noch immer ziemlich geil
finde. Ich muss nur irgendwie versuchen, die Distanz
zu wahren. Denn ehrlich gesagt war die Verführung
letzte Woche echt ein Ausrutscher. Trixi ist überhaupt
nicht mein Typ.

Also sage ich betont sachlich: „Klar Trixi, da schleif
ich nochmal drüber. Kriegen wir hin. Wann brauchst
du den Kram?"

„Bis übermorgen reicht", antwortet Trixi und öffnet
ihre Schreibtischschublade. Sie holt eine pinkfarbene,
längliche Schachtel heraus.

„Ich hab dir nochmal ein Anschauungsobjekt mitgebracht, das hilft dir vielleicht … also beim Texten,
meine ich." Sie streicht über meine Hand und sieht
mich hungrig an. „Du kannst mir den Text auch gern
persönlich vorbeibringen, bei mir zu Hause. Wir
könnten …"

„Ähm, gute Idee, aber ich muss mein Auto morgen
in die Werkstatt bringen", lüge ich, „da bin ich für den
Rest der Woche ans Büro gefesselt.

Trixi sieht enttäuscht aus. „War schön, letztes Mal,"
sagt sie.

„Ja, total", antworte ich lahm. Ich muss aus der Sache rauskommen. „Du, ich hab noch einen Termin …"

„Schon klar, aber trotzdem schade", sagt Trixi, und
dann Themawechsel, ganz unvermittelt: „Wir wollen

ehrliche Werbung machen, Fritz. Ehrliche Werbung für ein ehrliches Produkt."

Das kommentiere ich jetzt mal besser nicht.

Wir könnten ja nochmal im Blech vorbeischauen, ist schon nach sechs meint Eddy. Das Gewebe hat Recht. Warum nicht? Ich dirigiere meinen alten Mercedes durch Aschaffenburg. Der V8 spotzt und pröttelt, weil er nur auf sechs Töpfen läuft. Wenn StrohCom bezahlt hat, muss ich das unbedingt machen lassen. Ich werfe einen Blick auf die Penispumpenschachtel neben mir auf dem Sitz. Die pinke Packung leuchtet mir entgegen.

Die Stroh hat Recht meldet sich Meier, Eddys Kollege auf der linken Seite, *wir müssen das Wording an die Zielgruppe anpassen. Die allermeisten sind ja schon älter. Deshalb müssen wir es ganz simpel darstellen. So was wie: Mit dem Teil kann jeder seine Erektionsprobleme beheben. Weil, das ist so einfach zu bedienen, dass das auch ein Demenzkranker hinbekommt – na ja, der wohl eher nicht, aber egal. Tatsache ist doch, dass der User jetzt wieder seinen Mann stehen kann, und …*

Weiter kommt Meier nicht, weil Eddy in diesem Augenblick einen Geistesblitz abfeuert.

Hektisch parke ich direkt vor dem Halteverbotsschild gegenüber dem Blech. Vergesslich wie ich bin, muss ich mir den Spruch unbedingt aufschreiben. Dann ist er aus dem Kopf, und ich kann mich auf den Abend konzentrieren. Die drei Stufen zum Eingang nehme ich auf einmal und stürme in den Laden. Ich bin der einzige Gast.

„Hi Karl", rufe ich und blocke seine Begrüßungsversuche ab, „gib mir zuallererst mal schnell einen Stift und 'nen Zettel."

Verwundert schiebt Karl mir die Schreibwaren rüber, damit ich endlich meinen Gedanken aufs Papier bringen kann:

STEH DEINEN MANN!

Karl liest mit und fragt mich: „Ist das 'ne Botschaft für mich, oder was?"

„Nee, für 'ne Penispumpe", antworte ich und merke sofort, dass das ein Fehler war.

„Penispumpe!" brüllt Karl und prustet los. „Ist nicht dein Ernst! Mein Gott, du bist dir ja für nix zu schade!"

Und noch jemand lacht. Erst jetzt bemerke ich das Mädchen, das hinter der Theke steht. „Ach ja", schnauft Karl zwischen zwei Lachern, „das ist Anne, die hilft mir heute mal. Anne, das ist Fritz."

Wow! Als ich Anne realisiere, ist mein Kehlkopf plötzlich irgendwie außer Betrieb und fühlt sich an wie ein ausgetrockneter Pfirsichkern. Gleichzeitig plumpst mein Herz auf den Magen und wird von dort schuppdiwupp wieder in seine ursprüngliche biologische Position zurückkatapultiert. Ich bin offenbar nicht mehr ganz Herr der Lage und halte mich mal vorsichtshalber an der Theke fest.

Goddamnfuckin'! höre ich Eddy keuchen, *ich glaub´, ich brauch 'nen Schnaps!*

Kein Wunder: Annes Gesicht ist eine echte Augenweide. Mit Betonung auf Augen. Sie sind so wasserblau, dass ich spontan an Wick Blau-Bonbons denken muss. *Aber nicht wegen der Kälte!* insistiert Meier, und ja: Diese Augenfarbe ist nicht kalt, sondern das Erfrischendste, was ich seit langem gesehen habe. Geigen erklingen. *Die schaut dich im Hochsommer nur an, und du hörst auf zu schwitzen* schwärmt Eddy. Annes Augen sind wie aus einem Kontaktlinsenprospekt. Eine Augenbank würde sich die Finger danach lecken.

„Alles ok?" fragt Karl belustigt. Scheinbar sehe ich ziemlich doof aus, so mit halboffenem Mund, wie ich jetzt bemerke. Langsam werde ich wieder cooler. Ich zünde mir mit zitternden Fingern eine Zigarette an und versuche zu verstehen, was Karl mir gerade erzählt. Endlich stellt er mir mein Bier hin. Ich nehme einen kräftigen Schluck und decke Anne im Schutz des Glases mit Blicken zu. Der Rest von ihr ist auch durchaus präsentabel. Aber die Augen und das Gesicht haben schon einen ziemlichen Vorsprung. Anne hat verdammt gute Chancen, die Entdeckung der letzten fünf Jahre zu werden.

Ich muss mit Anne ins Gespräch kommen, und es wird Zeit, dass sich meine beiden Gehirnhälften etwas einfallen lassen. *Wie wär's mit Beruferaten? Geht immer.*

Doch Anne kommt mir zuvor. „Penispumpen", sagt sie. „Bist du Vertreter? Oder brauchst du die selber?"

Sie lacht mich an und strahlt. *Besser kann's nicht laufen!* jauchzt Eddy.

„Nee, ich bin Texter", antworte ich und lege dabei ein möglichst verschmitztes Pinocchio-Grinsen auf. „Muss 'ne Kampagne machen und grade eben ist mir der Claim eingefallen."

Junge, lass mal das Fachchinesisch ranzt mich der Meier an, *die Dame hat doch keine Ahnung von der Materie!* Da hat er Recht.

„Sorry, das kannst du ja nicht wissen. Also eine

Kampagne, das sind die Maßnahmen …“

„Schon ok“, unterbricht mich Anne, „ich bin auch aus der Branche.“

Das läuft ja immer besser. Jetzt bin ich natürlich ehrlich interessiert.

„Und was machst du so?“ Die Standardfrage.

„Kundenbetreuung in einer Frankfurter Agentur. Neppsteiner und Partner heißen die.“

Da könnte man ja das Angenehme mit dem Nützlichen verbinden.

„Neppsteiner und Partner, aha“, sage ich so interessiert wie möglich. Von dem Laden hab ich noch nie gehört.

„Ist doch egal, in welcher Agentur man arbeitet.“, antwortet Anne, „das Ziel ist doch immer das gleiche bei uns: Leute verarschen.“

Höre ich da zarte Kritik an der Werbebranche? Klar, als Werbefuzzi steht man nicht gerade an der Spitze der Beliebtheitsskala, aber eine gewisse Berufsehre habe ich mir erhalten. Obwohl mir natürlich klar ist, dass 99,9 Prozent von dem Zeug , das ich schreibe, nie gelesen wird. Wobei, Schweinebauchanzeigen – das sind die Blättchen mit den Sonderangeboten – werden ja gelesen. Ja, und auch das muss irgendein armes Schwein texten. Zarter Rinderbraten, frisch von der Keule: fünfneunundneunzig. Für Geld macht unsereiner echt alles.

„Willst du noch ’n Bier?“ reißt mich Anne aus meinen Gedanken.

„Wie?“

„Ob du noch ein Bier willst?“

Wie sie strahlt! Ihre Augen kitzeln meinen Magen.

Das Mädel scheint sich ja wirklich für mich zu interessieren. *Na ja, du bist auch der einzige Gast* dämpft Meier meine Euphorie.

„Klar will ich noch´n Bier," antworte ich, vielleicht eine Idee zu überschwänglich. So langsam komme ich in Fahrt. „Und, wie läuft's so bei Neppsteiners?"

Da kommt Karl wieder in den Laden. Er haut mir auf die Schulter, als sähe er mich heute zum ersten Mal. Klar: Karl hat sich im Kuckuck diverse Schnäpse genehmigt und ist sternhagelvoll. Er hängt sich an meine Schulter und brüllt mich an:

„Was machen die Frauen? Irgendwelche Neuigkeiten?"

Dieses Arschloch. Mir ist die Sache unheimlich peinlich. Den braunen Tequila, den Karl mir ausgibt, stürze ich runter und beiße in die Orangenscheibe, bevor es anfängt zu brennen. Meine Gedanken kreisen um Anne wie die Motten ums Licht.

Du solltest den Gesprächsfaden wieder aufnehmen rät mir Meier.

„Ah ja, alles klar," sage ich, und weiß im gleichen Augenblick: Das wird Fragen geben.

„Führst du Selbstgespräche?" fragt mich Anne prompt.

„Nee, hab bloß nachgedacht – kann ich 'n Kaffee haben?" Ich gebe mich rätselhaft.

Der Kaffee kommt gut. Ich stecke mir eine Zigarette an und bemerke erst, als Anne lacht, dass eine Kippe gerade mal halb verraucht im Aschenbecher klemmt. Vor mir steht ein frisch gezapftes Bier, ein volles Glas Tequila (anscheinend hatte Karl die zweite Runde eingeläutet, was mir bei meiner internen Diskussionsrunde wohl entgangen ist), die Tasse Kaffee und besagte Kippe im Ascher.

„Der reine Konsumterror. Daran werden wir alle zugrunde gehen." Ich versuche, mir meine Planlosigkeit nicht anmerken zu lassen. Doch Anne findet das offenbar witzig. Sie lacht.

„Du hast ja 'n geilen Wagen", sagt sie plötzlich. „Ich mag so alte Dinger".

Wow, Volltreffer! Eddy und Meier machen eine Flasche Sekt auf. Anne hat sich von allen denkbaren Gesprächsthemen das beste ausgesucht. Auf meinen Benz bin ich mächtig stolz.

„Ist´n einundsiebziger Benz mit sechskommadrei-Liter-Maschine," sage ich so cool wie möglich, um zu verbergen, wie geschmeichelt ich bin. „Hab' ich erst seit vier Wochen angemeldet. Vorher bloß dran rumgeschraubt. Letzte Woche hab' ich die schwarzen Lederpolster bekommen. Scharfe Sache."

Klar, weil sie nach 'ner Nummer abwaschbar sind. Und weil die Schamhaare auf schwarzem Leder nicht so auffallen feixt Meier. Er muss einfach immer seinen Senf dazugeben, vor allem, was mein Auto betrifft. Denn als rational denkendes Gewebe war Meier immer gegen den Mercedes gewesen.

„Wenn du willst, können wir ja nachher mal ´ne Runde drehen", höre ich mich zu meiner Überraschung sagen – vermutlich hat Eddy wieder mal das Sprachzentrum manipuliert. Meier ist regelrecht schockiert: *Mit ´nem dicken Benz Frauen anmachen, wie primitiv. Das ist doch gar nicht deine Art. Außerdem bist du jetzt schon besoffen!* Aber Eddy jubelt. *Genial, das ist ja wie im Film. Wenn sie jetzt anbeißt, haben wir's geschafft!*

Doch Anne setzt noch einen drauf. „Du kannst mich ja später nach Hause fahren. Wenn du noch fahren kannst."

Das kann doch unmöglich so glatt gehen! Ich schaue so unauffällig wie möglich auf meine Uhr: Fünf vor zehn – noch drei Stunden bis Buffalo! Doch Karl zeigt sich unerwartet kulant. Der Laden ist noch immer fast leer, und die paar Nasen, die inzwischen im hinteren Teil der Kneipe sitzen, sind von der genügsamen Sorte. Außerdem ist Karl nicht entgangen, dass sich zwischen uns einiges anbahnt.

„Wenn du willst, kannst du abhauen," sagt er onkelhaft zu Anne, was allerdings überhaupt nicht zu seinem dümmlichen Grinsen passt. Ich schlucke meinen Ärger runter. Nichts wie weg, bevor Karl es sich nochmal anders überlegt. Ich stehe von dem Barhocker auf und merke erst jetzt, dass ich offenbar doch breiter bin, als ich dachte. Mein Schwerpunkt scheint sich in den Füßen zu befinden und nietet mich am Boden fest. Okay, umfallen kann ich schon mal nicht. Außerdem habe ich ja noch einen halbwegs klaren Kopf.

„Kannst du eigentlich noch fahren?" fragt mich Anne, als hätte sie meine Gedanken gelesen.

Um zu beweisen, wie fit ich noch bin, springe ich die drei Stufen zur Straße mit einem Satz hinunter. Die Landung verläuft planmäßig glatt, lediglich mit den Armen muss ich ein bißchen ausbalancieren.

„Du solltest Skispringer werden."

2
Fahrt ins Glück.

Kühle Nachtluft tut mir normalerweise unheimlich gut, ich liebe sie. Doch jetzt und hier bewirkt sie einen Sauerstoffschock, der meine Alkoholisierung ordentlich beschleunigt, gefühlt jedenfalls. Außerdem merke ich, dass ich dabei bin, den Faden zu verlieren. Da meldet sich auch schon der Eddy: *Hey Fritz, kriegst du überhaupt mit, was hier grade vor sich geht? Du hast ziemlich gute Chancen bei 'ner verdammt starken Frau zu landen. Und du stehst hier rum wie ein Rentner auf Kur.*
Ich fische meinen Schlüssel aus der Tasche und visiere das Türschloss an. *Ich wette, er trifft nicht* ätzt Meier. Tatsächlich geling es mir nicht auf Anhieb, den Schlüssel einzuführen. Ich kreise mein Ziel ein, indem ich mit der Schlüsselspitze über den taufrischen, stahlblauen Metalliclack kratze. Jetzt weiß ich, warum sich Funkschlüssel durchgesetzt haben. Scheiß drauf, ärgern kann ich mich auch morgen noch. Harald macht mir bestimmt einen Sonderpreis für die Tür. Im Moment gibt's jedenfalls Wichtigeres als sich über ein paar VERDAMMTE SCHEISSKRATZER im Lack AUFZUREGEN!!! Nach einer gefühlten Ewigkeit finde ich die Öffnung, und ich ramme den Schlüssel rein. Als ich im Wagen sitze, werfe ich zuerst die Schachtel mit der Penispumpe drin auf den Rücksitz, bevor ich den Türknopf der Beifahrertür hochziehe. Anne lässt sich in den Sitz fallen und füllt den Innenraum meines Autos sofort mit einem standesgemäßen Geruch.
„Ist eigentlich 'n Achtzylinder," sage ich, als ich den Motor anlasse, „läuft aber nur auf sechs Töpfen."

Wobei ich mir nicht so sicher bin, ob Anne mit der gleichen Intensität auf das Motorgeräusch meines Autos achtet wie ich. Oder überhaupt den Unterschied zwischen Sechs- und Achtzylinder kennt.

„Achtzylinder find ich irgendwie sauerotisch", haucht sie.

Ihre Tonlage erregt mich bis in die Fußspitzen und ich liebkose das Gaspedal. Wir werden sanft, aber bestimmt in die Sitze gepresst, und ich schwelge in einer verheißungsvollen Duftwolke aus neuen Lederpolstern und Annes Parfum.

„Wo soll's denn hingehen, gnädige Frau?" frage ich mit sonorer Chauffeurstimme.

„Vielleicht solltest du erstmal das Licht einschalten."

Klar. In dem Moment, als ich den Lichtschalter drehe, entdecke ich zwei Lichtfinger, die am Ende der Straße um die Ecke biegen. *Das ist garantiert ein Bullenauto* warnt Meier. Ich lenke den schweren Mercedes blitzschnell auf den Gehsteig und stelle den Motor ab.

„Ist nicht so, wie du denkst", raune ich Anne zu, bevor ich mich zu ihr hinüberbeuge und stürmisch an ihr herumschmuse. Annes weiche Haut und der betäubende Duft ihres Parfums rauben mir beinahe die Besinnung.

Prima eingefädelt! jubelt Eddy, *jetzt brauchst du bloß noch den Mund zu öffnen. Na los, beiß ihr in den Hals, schleck' sie ab – Mann, die Gelegenheit kommt nie wieder!* Aber als Ehrenmann nutze ich Notsituationen nie zu meinem Vorteil aus. Deshalb schmuse ich nicht richtig, ich tue nur so, damit die Polizei uns für ein Liebespaar hält. Doch Anne, die von meinem Plan ja keinen Schimmer hat, mag nicht so recht mitspielen.

„Hey, bist du noch ganz dicht?"

„Keine Panik", murmele ich gegen ihren Hals. „Ist wegen der Bullen. Wenn die mich erwischen, ist der Lappen weg."

„Polizei? Im Taxi?"

Ich gucke aus dem Fenster. Tatsächlich: Das leuchtend gelbe Hütchen auf dem Dach des Autos ist unübersehbar.

„Ja äh ... also, das war jetzt aber echt kein Trick. Ich hab' wirklich gedacht ..." Scheiße, wie komme ich da wieder raus? Eddy tobt: *Ich kann's einfach nicht fassen! Du Riesenarschloch!*

Doch Anne lässt ihre Mentholbonbonaugen leuchten und sagt: „Ach, irgendwie war's gar nicht so schlecht. Lass es uns nochmal probieren."

Plötzlich klopft es an die Scheibe. Ich löse mich mühsam von Annes Zunge und blinzele rotäugig nach draußen. Der grelle, punktförmige Lichtstrahl einer Taschenlampe blendet mich. Ich kurbele die Scheibe runter.

„Kann ich Ihnen helfen?" fragt der Polizist sarkastisch, während sein Kollege schon mal das Kennzeichen überprüft. Die Bullen sind, so viel ist klar, nicht zum Spaßen aufgelegt. Wahrscheinlich sind sie neidisch. Kein Wunder, bei dem Job. Und den führen die Typen jetzt gnadenlos aus: „Führerscheinundfahrzeuchbabbierebidde", schnarrt der eine Polizist – Eddy nennt ihn spontan *Ludwich* – in bestem Polizeifränkisch.

Ich reiche die Dokumente nach draußen. Ludwich studiert sie, während Annes Hand sich in meinen

Schoß wühlt. Eine Aktion, die ich momentan reichlich unpassend finde.

„Steichen Sie bidde mal aus," befiehlt der Polizist, und ich hieve meinen bierschweren Körper aus dem Auto. Hoffentlich sieht er nicht die Beule in meiner Hose. Der Boden fühlt sich an, als sei er mit Luftballons gepflastert.

„Verbandkasten, Wanndreiegg", leiert der Grüne herunter.

Betont locker schlurfe ich zum Kofferraum. Schon auf dem Weg dorthin fällt mir ein, dass der Verbandskasten in meiner Küche liegt.

„Ham Sie was gedrung'n?" fränkelt der andere Polizist. Die Frage der Fragen im Leben eines Alkohol trinkenden Autofahrers.

„Kaum, ein Bier vielleicht", antworte ich unverbindlich.

„Und warum lauf'n Sie dann wie auf Eiern?"

Du hattest erst vor kurzem eine Beinoperation und musst dich noch schonen, diktiert Meier und ich wiederhole brav:

„Ich hatte erst vor kurzem eine Beinoperation und muss mich noch schonen."

Deshalb ist auch dein Verbandkasten zu Hause, weil da nämlich 'ne Salbe drin ist, die du brauchst, souffliert meine linke Gehirnhälfte weiter. Ich habe echt Mühe, Meier zu verstehen.

„Deshalb ist auch mein Verbandkasten zu Hause in der Küche, weil da nämlich 'ne Schwalbe drin ist, die ich brauche.

„So so" meint der Wachtmeister, „eine Schwalbe."

„Mein Freund muss starke Schmerzmittel nehmen",

schaltet sich Anne ein, die inzwischen ausgestiegen ist.

Ich bin wie vom Donner gerührt. Das darf nicht wahr sein. *Die Alte macht alles kaputt!* geifert Eddy, und der Polizist sagt: „Stagge Schmätzmiddl. Des wird ja immer besser."

„Ppparazettamohl" verbessere ich schnell, „wegen dem Phantomschmerz." Davon hab ich irgendwie mal gehört.

„Bassen Sie auf", erwidert Ludwich „Sie setze sich jetzt schön brav auf den Beifahrersitz, un Ihrre Freundin fährt. Sie könne von Glück rreden, dass mir heut so gut gelaunt sin."

„Alles klar, Herr Waldmeister" sage ich, und beiße mir sogleich wieder auf die Zunge. Doch der Polizist strebt schon seinem Wagen zu.

Das ist ja grade nochmal gutgegangen, stöhnt Eddy. Wir setzen uns wieder ins Auto. *Jetzt gilt's. Heute Abend schläfst du nicht allein!*

Anne gleitet auf den Fahrersitz. Wo schiebt man den Sitz nach vorne?" fragt sie, aber für mich klingt es wie: Jetzt kannst du ihn reinstecken.

Wie kann man nur so geil sein, meldet sich Meier. *Sei froh, dass du heil aus der Sache rausgekommen bist. Und denk dran: Morgen musst du an die Penispumpen-Kampagne ran!*

Schnauze Meier. Fritz muss dringend seine Samenblase entleeren. Ich hab' da vorhin alarmierende Signale erhalten, gibt Eddy zu bedenken.

„Das kann bis zu 'ner Hodenentzündung gehen, hab' ich mal gelesen", murmele ich gedankenverloren.

„Hodenentzündung? Von deinem Sitz?" Anne guckt mich verständnislos an.

„Neenee, war so'n Gedanke". Ich muss mich zusammenreißen. Der Gedanke, dass jemand anderes als ich, myself, den Benz fahren sollte, macht mich nicht gerade superglücklich.

„Du weißt schon, dass dieses Auto mir sehr viel bedeutet?"

„Ich pass schon auf", sagt Anne. „Schließlich hab' ich meinen Führerschein jetzt schon ein Jahr!"

Der Wagen tut mir jetzt schon leid. Entgegen meinen Erwartungen steuert Anne den schweren Mercedes aber souverän durch die menschenleere Stadt. Meine Hand ruht auf ihrem rechten Oberschenkel und arbeitet sich langsam zum Sperrgebiet vor. Da macht Anne eine Vollbremsung, dass ich mit dem Kopf voll gegen den Fensterrahmen knalle. Aua.

„Wwas ist, ich dachte …" Ich bin vollkommen perplex.

„Wir sind da", sagt Anne.

„Ja und jetzt?" frage ich. Der Crash hat mich wieder total aus dem Konzept gebracht.

„Jetzt geh'n wir Kaffeetrinken", lacht sie.

„Wo denn, um diese Zeit?" will ich gerade fragen, aber Eddy geht mich ihn scharf an: *Halt die Klappe und geh' einfach mit. Tu mir den Gefallen, ja, Arschloch?*

„Ah, du wohnst hier", stelle ich reichlich intelligent fest. „Schöne Gegend, ruhig." *Hoffentlich schreit sie nicht so dabei.*

Das Erste, was mir in Annes Wohnung ins Auge fällt, ist das riesige Bett. Das Teil steht mitten im Wohnzimmer und nimmt den halben Raum ein. Der Rand ist mit schwarzem Plüsch bezogen und mit kleinen goldenen Sternen bestickt. Obendrauf liegt silbergraue Bettwäsche, ordentlich gefaltet und matt schimmernd. Wahrscheinlich Satin.

„Mein ganzer Stolz", sagt Anne, „ein Wasserbett. Ich liebe es."

Aha. Ich habe noch nie auf 'nem Wasserbett. Mal sehen. Doch zuerst der Kaffee. Anne macht sich an der Kaffeemaschine zu schaffen und ruft über die Schulter: „Mach dir's bequem, in der Dose auf dem Couchtisch ist was zum Rauchen."

Haschzigaretten rauchen? Wunderbar, das geht immer. Ich lange in die Dose und hole die Utensilien raus. Ein Pariser ist auch dabei. Superfeucht mit Noppen. Ich zerbrösele das Gras mit den Fingerspitzen, schlitze eine Kippe auf und vermische das Ganze. Dann baue ich einen wunderschönen, kegelförmigen Joint. Fast zu schade, um ihn anzuzünden. Anne kommt rüber, ich reiche ihr das Ding und gebe ihr Feuer.

„Hoffentlich hast du nicht so viel reingetan, das ist nämlich ein echtes Teufelszeug. Genmanipuliert", krächzt Anne heiser, nachdem sie dreimal gezogen hat.

Tja, das hättest du früher sagen sollen, denk ich mir. Nichtsdestotrotz ziehe ich kräftig an dem Glimmstengel. „Keine Sorge, ich hab' nur 'nen Ladykiller gemacht." Entgegen meiner Einlassung bemerke ich schon jetzt, dass ich mal wieder einen Überflieger gebaut habe. Nach drei weiteren Zügen sind Annes Augen nur noch Schlitze, und mein Hinterkopf fühlt sich an, als sei er mit Blei gefüllt.

Treffer, versenkt, bemerkt Meier trocken, *in dem Zustand wird's mit dem Beischlaf nix!*

Quatsch, jetzt erst recht! kontert Eddy: *Auf zum Angriff!* Ich wuchte mich aus dem Sessel und steuere das Sofa gegenüber an, auf dem Anne rumdämmert. In dem Augenblick, als ich mich zu ihr runterbeuge, passiert es: Sie reicht mir den Joint – und rammt mir das Ding voll in die Nase.

Ein heißer Schmerz durchflutet mein Riechorgan, und meine Hand schnellt reflexartig zu der verbrannten Stelle. Was in dem Moment fatal ist, denn ein Teil der Glut ist in der Nase steckengeblieben und brennt sich nun durch den Druck schmurgelnd in die Schleimhäute. Es riecht nach verschmorten Haaren und verbranntem Fleisch. Baah, tut das WEH! Ich gehe in die Knie und haue mir auf die Nase, um die Glutnester rauszukriegen.

„Oh Gott Fritz, das tut mir ja so leid!" ruft Anne, die die durch den Schock wieder voll da ist.

„Wo ist dein Klo?" stöhne ich. Mein Gott, tut das weh! Zum Glück ist Anne nicht eines dieser konfusen Hühner. Sie zieht mich ins Badezimmer, und ich klemme meine angekokelte Nase unter den Wasserhahn. Das tut gut.

Während das kalte Wasser meine Wunden kühlt, überlege ich, wie ich die Sache wohl meinem Arzt erklären soll. *Koksen kannst du erstmal vergessen,* höhnt Meier. Da taucht Anne mit einer Handvoll Eiswürfeln auf, und im Handumdrehen hat sie einen kunstvollen Verband gebastelt, der zwei Eiswürfel direkt an meiner Nase fixiert.

„Hey, gut!" näsele ich, „bist du Krankenschwester oder so was?"

„War ich mal", erwidert Anne. Dann lacht sie laut

los. „Du siehst aus wie ein Schwein!"

Mein Spiegelbild betrachtend, muss ich Anne Recht geben: Meine Nase ist doppelt so groß wie vorher und sieht irgendwie eckig aus. Wie der Riechkolben von einem Schwein. Ich betaste den Verband.

„Hm, sieht echt scheiße aus."

„Ach was" lacht Anne. Sie umarmt mich und will mich küssen. Aber der Riesenverband steht erfolgreich im Weg.

„Dann warten wir eben, bis die Eiswürfel getaut sind", sage ich leichthin und fange an, ungeduldig an Anne herumzufummeln.

„Wie ist das eigentlich auf so 'nem Wasserbett?"

„Anders" antwortet Anne, „am besten, wir probieren's mal aus."

Heidewitzga! jubelt Eddy, *auf geht's! Aber nicht, dass du wieder vorzeitig ejakulierst wie neulich!* mahnt Meier. „Nee, nee", erwidere ich.

„Ooch, wir können's auch lassen." Anne scheint beleidigt zu sein.

Mist, wieder nicht aufgepasst! Nicht! Mit! Den! Hirnhälften! Reden!

„Nein, ich meinte, äh, das ist kein Problem."

„Wie, kein Problem? Hast du sonst Probleme damit?" Anne schaut mich plötzlich sehr neugierig an.

Mann, Mann, Mann. „Man kann Dinge auch totreden" antworte ich sybillinisch und ziehe Anne aufs Bett.

Echt ungewohnt, dieser Wellengang. Wir starten durch, als sei das Wasserbett die Titanic kurz vor dem Untergang. Aber trotzdem: Irgendwie kann ich mich nicht so richtig gehen lassen. Ich muss an meinen ersten und letzten Segelurlaub denken, als ich zweiundzwanzig Stunden lang gekotzt hatte. In eine Tüte, die an beiden Seiten offen war. Insofern kenne ich das Gefühl, wenn es losgeht, und dieses Gefühl schleicht sich jetzt in meinen Magen.

Und gerade als Anne meine Hose öffnet und mir den Superfeuchtpariser aus der Shitdose überziehen will, muss ich kotzen.

„Sorry!"

Ich stürze ins Badezimmer und reihere auf den Klodeckel. Alles voll, Scheiße.

Genau stellt Meier nüchtern fest. *Du hast es tatsächlich schon wieder verbockt. Du Versager.*

Glücklicherweise hatte ich in den letzten Stunden wenig gegessen, so dass mein Mageninhalt eher von der flüssigen Sorte ist. Was wiederum den Nachteil hat, dass sich die Soße jetzt großflächig über den Fliesenboden verteilt.

Ich bin nicht der Typ, der sich aus unangenehmen Situationen stiehlt. Also zurück ins Wohnzimmer.

„Ähm, wo hast'n deine Putzsachen?"

Anne räkelt sich splitternackt auf dem Bett und hat sich eine Zigarette angesteckt.

Als Antwort ernte ich einen Lachanfall. Ich schaue an mir herunter und bemerke, dass der Superfeuchtpariser noch an meinem Pimmel hängt. Allerdings zeigt der jetzt traurig nach unten. *Vielleicht solltest du nach unten und die Penispumpe holen*, rät Meier sarkastisch. Und weil die Eiswürfel am Tauen sind, baumelt mein Nasenverband wie ein schlaffer Hodensack im Gesicht herum. Sieht wahrscheinlich ziemlich blöd aus.

Doch Anne scheint hart im Nehmen zu sein. Sie schmeißt die Bettdecke auf den Boden und sagt: „Das kriegen wir hin."

Und während Eddy und Meier endlich die imaginäre Flasche Schampus entkorken, nehme ich mir fest vor, demnächst den Segelschein zu machen.

Schon wegen der Wasserbetten.

3
Hugos Welt.

Ich liege auf einer Luftmatratze in einem Pool und beobachte mit halbgeschlossenen Augen die kleinen Wellen im türkisblauen Wasser, die ich mit den Händen erzeuge. Sie glucksen leise. Irgendetwas drückt seine Lippen auf mich. Ich wache auf und schaue in knallblaue Augen. Anne. Das Wasserbett. Und meine Nase. Ich betaste sie vorsichtig.

„Alles in Ordnung mit dem Näschen?" fragt Anne eher belustigt.

„Zumindest kann ich noch riechen." Und zwar den Duft von frischem Kaffee. Aber auch einen Hauch von Kotze. Meine Riechnerven scheinen also bei der Nummer gestern nichts abbekommen zu haben. Anne schmeißt sich auf mich drauf und küsst mich nochmal. Vorsichtig, damit mein Näschen nichts abbekommt.

Sind wir glücklich? Ich glaube, wir sind glücklich, meldet sich Eddy zu Wort. Klar, ich liege hier mit einer Wahnsinnsfrau im Bett, es gibt frischen Kaffee (und frische Brötchen hoffentlich auch). Das Leben ist schön.

Nach dem Frühstück macht sich Anne fertig. Sieht fesch aus in ihrem Kostümchen. Ich ziehe sie schon wieder mit den Augen aus. Aber ich muss auch ans Geschäftliche denken.

„Sag mal, könnt ihr bei Neppsteiner & Partner nicht 'nen Freelancer gebrauchen?"

Anne schaut mich enttäuscht an. „Ich dachte, jetzt sagst du sowas wie: Sehen wir uns wieder?"

„Das wird sich wohl nicht vermeiden lassen."

Anne gibt mir noch einen Kuss. „Bist du denn gut?"

„Ich bin der Beste."

„Mit oder ohne Penispumpe?"

„In jeder Beziehung."

„Okee", sagt Anne, „ich werd' mal mit Hugo reden. Der soll dich anrufen, dann könnt ihr euch beschnuppern."

Drei Stunden später klingelt mein Handy.

„Hallo Fritz – ich darf Sie doch so nennen? Hier ist Hugo Neppsteiner. Anne hat mir Ihre Nummer gegeben."

Ich muss spontan an Fred Feuerstein denken, als ich Neppsteiners kehlige Stimme höre.

„Hallo Herr Neppsteiner", sage ich, während mein Hirn sofort in den Businessmodus geht. „Danke, dass Sie sich so schnell melden!"

„Ja, ich bin da an einer Sache dran, und da könnte ich einen kreativen Kopf gebrauchen. Wir sollten uns mal treffen. Am besten schnell. Am besten heute noch. Wann können Sie hier sein?"

Der hat's aber eilig. Ich schaue auf die Uhr. Halb zwölf, die Autobahn nach Frankfurt ist jetzt leer. „Um halb eins?" antworte ich.

„Das find' ich gut! Schnell entschlossen – always available", bellt er in den Hörer. „Sagen Sie an der Anmeldung, Sie wollen zu Anne. Die bringt Sie dann zu mir. Bis gleich."

Das Agenturgebäude von Neppsteiner & Partner sieht zwischen den monstermäßigen Hochhäusern mickrig aus, und hat schon bessere Tage gesehen. Die

Eingangstür ist erkennbar aus den Siebzigern mit diesem gelbstichigen Metallrahmen und einer Drahtglasfüllung, die über die gesamte Diagonale gesprungen ist. Der Türgriff wackelt. Bin ich hier richtig? Ein Firmenschild gibt's jedenfalls. Es ist sogar ziemlich neu und prangt stolz an der bröckelnden Fassade. Drinnen sieht die Sache schon anders aus. Schwarzer Marmor allenthalben und weiße Lederfauteuils, die sehr bequem aussehen und aus denen man als alter Mensch bestimmt sehr schwer hochkommt. Warum fällt mir das jetzt ein? Am Empfang steht eine sehr stark geschminkte Dame – sicher über Fünfzig – in ziemlich aufreizenden Klamotten, inklusive tiefblickendem Dekolleté. Das Dekolleté verunsichert mich ein bisschen, mein Blick wird wie ein Magnet davon angezogen.

„Hallo", sage ich zögernd, „Fritz Geiss, ich möchte zu Anne."

„Du kannst mir ruhig in die Augen schauen, Jungchen", sagt die Puffmutter mit singendem rheinischen Akzent. „Dat Annschen, ich ruf die mal an."

Sie tippt in ihr Telefon. „Annschen, da is so ein Typ, der mir die janze Zeit auf die Titten starrt. Der will zu dir. Kommst du bitte mal?"

Ich bin selbstverständlich peinlich berührt und kann es nicht erwarten, bis Anne kommt. Die Alte nimmt mich derweil in Beschlag und macht Konversation.

„Isch bin ja noch nit lange hier. Vorher, im Love Inn, da war schon mehr los als hier, muss ich sagen. Aber hier gibt's wenigstens keine Schlägereien. Was machst du denn so, Jungchen?"

Annes Ankunft bewahrt mich vor der Antwort.

„Das ist übrigens Heidi", sagt sie. Ich habe das dringende Bedürfnis, sie zu abzutatschen. Gut, dass Eddy nicht aktiv ist. Und gut, dass es einen Aufzug gibt, in dem wir dann endlich wild und leidenschaftlich knutschen.

„Also der Hugo, der ist, wie soll ich sagen – ein bisschen anders", keucht sie zwischen zwei Küssen.

„Wie meinst du, anders?" murmele ich und presse meinen Mund sofort wieder auf ihren, sodass sie die Antwort zunächst schuldig bleibt.

„Wirst schon sehen."

„Und 'ne Puffmutter als Empfangsdame habt ihr auch."

„Cool, oder?"

Der Aufzug kommt federnd zum Stillstand. Die Tür geht auf und wir stehen direkt in Hugo Neppsteiners Büro. Es wird dominiert von einem großen Sandkasten aus Edelstahl, der etwa ein Drittel des Raumes einnimmt. In dem Sandkasten stehen verschiedene Bagger und Muldenkipper, offensichtlich Profimaterial, so wie's aussieht. Profimäßig sehen auch die Sandkastenburgen aus, wenn man sie so nennen kann: Es scheint, als wollte da jemand die City von Honkong nachbauen. Die Sandtürme sind schon beachtlich hoch. Der Mann, der in der Mitte das Sandkastens mit dem Rücken zu uns steht, sticht mit einem roten, viereckigen Förmchen vorsichtig Fenster in einen Turm. Er trägt Blaumann und hat einen gelben Bauhelm auf dem Kopf. Eigentlich müsste das Bob der Baumeister sein – wenn ich es nicht besser wüsste.

Das also ist Hugo Neppsteiner.

Ich fasse nach Annes Hand, weil mich die Szenerie

doch einigermaßen mitnimmt.

Sie flüstert mir ins Ohr: „Wir hatten mal die Bob-der-Baumeister-Merchandising Company als Kunden, und Hugo hat sich da total reingekniet. Dann haben sie uns den Etat weggenommen. Seitdem hat er 'nen Knacks weg."

Jetzt bemerke ich, dass die Wände des Büros von Bob-der-Baumeister-Postern bedeckt sind. Der Rückfall in die infantile Phase. *Bedenklich*, merkt Meier an. Hm. Neppsteiner ist noch immer in sein Spiel vertieft, und ich beschließe, mich bemerkbar zu machen. Ich räuspere mich. Er dreht sich schwerfällig um.

„Ach, ich hab Sie gar nicht kommen hören!" sagt er und hält mir seine sandige Pranke hin.

Abgesehen von seinem Kinder-Baumeister-Outfit ähnelt Hugo Neppsteiner nicht nur stimmlich Fred Feuerstein. Er hat die gleiche Wampe und unter dem Bauhelm das gleiche schwarze, strubbelige Haar und einen enormen Schnauzer. Ich schätze ihn auf Anfang Fünfzig. Irgendwie sieht er nett aus, obwohl er offensichtlich einen an der Rassel hat. Anne zieht sich zurück und lässt mich mit dem Wahnsinnigen allein.

„Ich sage Ihnen, wenn die damals auf mich gehört hätten: Bob der Baumeister wäre ganz groß rausgekommen", sagt Neppsteiner, „wir hätten das noch viel größer aufgezogen. Nicht nur Kinderkram. Nein. So wie hier!"

Sandkastenspiele für Erwachsene. Serious Fun. Warum nicht. Aber deshalb bin ich ja nicht hier. Oder doch? Plant Neppsteiner eine Rückeroberung des Bob-der-Baumeister-Etats? Dann würde ja alles Sinn machen. Obwohl, wenn ich mir das hier so ansehe …

normal ist das nicht. Also nicht für einen Agenturchef.

Neppsteiner reißt mich aus den Gedanken. „Aber deshalb sind Sie ja nicht hier, Fritz. Passen Sie auf: Ich suche einen kreativen Mitstreiter für ein Projekt, das ich Ihnen im Moment noch nicht nennen kann. Ist noch nicht in trockenen Tüchern. Aber ich sage nur: Das wird ein großes Ding. Mich können Sie übrigens Hugo nennen."

Ich bin einigermaßen überrascht. „Warum bin ich dann hier?"

„Wissen Sie, wenn Anne mir junge Kreative emp- fiehlt, dann waren das bisher immer Volltreffer." Aha, ich bin also Nummer X für Anne. Muss ich nachher mal mit ihr vertiefen.

„Bevor ich einen anderen verpflichte, wollte ich Sie einfach mal kennenlernen", fährt er fort, „ist ja immer ganz gut, so face to face."

So leicht kommt er mir nicht davon. „In welcher Branche bewegt sich denn Ihr Projekt"?

„Finanzen", sagt Hugo knapp. Nächste Woche wissen Sie mehr." Mehr ist nicht aus ihm herauszube- kommen. Aber mich quetscht er aus.

„Was machen Sie denn gerade so?"

Ich erzähle ihm von der Penispumpenkampagne.

„Na hoffen wir, dass wir beide so was nie brauchen, he he! Und wir so einen Etat. Penispumpen, mein Gott. Viel Arbeit für kleines Geld. Bei uns Fritz, da werden dickere Bretter gebohrt. Zeigen Sie uns, was Sie draufhaben."

Als ich das Büro verlasse, hat Hugo sich schon wie- der seiner Sandstadt zugewandt.

4
Superstress.

Kaum sitze ich im Auto, klingelt mein Handy.

„Hallo Fritz, bist du schon bei dem Model weitergekommen?"

Trixi nervt. Das Budget für die Penispumpenkampagne ist sehr knapp, sagt sie. Für das Fotomodell bedeutet das: Ich soll das Model suchen, und es darf natürlich nichts kosten. Oder fast nichts. Ich habe da schon eine Idee. Aber die verrate ich Trixi erstmal nicht.

„Nee Trixi, ich war jetzt grade bei 'nem Kunden und …"

„Wie bei 'nem Kunden? Ich denke, dein Auto ist kaputt?"

Ertappt. „Äh ja, ich hab mir ein Auto von 'nem Kumpel geliehen."

„Dann könntest du ja mal vorbeikommen. Ich bin heute zu Hause." Jetzt klingt Trixi unglaublich sexy.

Standhaft bleiben, mahnt Meier. Gut, dass Eddy noch nicht auf Sendung ist.

„Nee lass mal, der Typ braucht den Wagen und ich muss an die Kampagne dran. Und um das Model kümmer' ich mich!"

Meine letzten Worte spreche ich in den tutenden Hörer. Nein, jetzt sind andere Dinge wichtig. Ich muss die Model-Idee in die Tat umsetzen. Der Zeitpunkt ist günstig. Jetzt ist er meistens zu Hause.

Mein Vater liegt auf dem Sofa und liest die Bildzeitung. Wie immer.

„Hallo Papa", sage ich. Mein alter Herr lässt die Zeitung sinken.

„Dass du dich mal wieder blicken lässt!"

Stimmt eigentlich, ich war schon lange nicht mehr hier. Ist aber jetzt egal.

„Du Papa, ich bräuchte mal deine Hilfe. Ich habe da so einen Kunden, einen Sozialverein. Für die mach' ich einen Flyer, natürlich unentgeltlich – ist ja für einen guten Zweck."

„Dass du dich mal wieder blicken lässt!"

Wird er schon dement?

„Ich hab wenig Zeit, der Job ..."

„Na ja, jetzt bist du ja da," sagt mein Alter. „Aber du könntest dich ruhig öfter blicken lassen. Was ist mit diesem Sozialverein?"

„Wie gesagt, ich mach' 'nen Flyer für die, und da brauche ich noch ein Fotomodell für den Titel. Da bist du mir eingefallen."

„Seh' ich so bedürftig aus?"

„Nein, aber du bist total fotogen, so was brauchen wir."

Mein Alter ist geschmeichelt. „Na ja, wenn du meinst. Für 'nen guten Zweck mach' ich das gern."

Bingo, die Modelfrage wäre gelöst. *Dass du dich nicht schämst,* geifert Meier, *den eigenen Vater zu belügen. Pfui Teufel!* Leck mich, Meier. Hier geht's um meine Existenz. Da kann mein Vater ruhig etwas dazu beitragen. Er darf halt bloß die nächste Zeit nicht zum Urologen gehen.

„Aber Honorar gibt's keins, ist ja wie gesagt total sozial", lüge ich weiter, was mir für die 150 Euro, die ich gedenke, für das Model rauszuschlagen, nicht schwerfällt.

„Was soll ich denn da anziehen?"

„Irgendwas, völlig egal. Wenn's nicht gerade dein Ballonseide-Trainingsanzug ist. Ich sag dir wegen der Details nochmal Bescheid. Wird irgendwann die nächsten zwei Wochen passieren."

STEH DEINEN MANN, mit Papa als Penispumpen-Model. Das wird der Hammer.

Der Rest des Tages geht für die Kampagne drauf. Inzwischen muss ich Trixi Recht geben, dass Anglizismen hier nichts zu suchen haben. Ich koche das Ganze runter auf leichtverdaulich für Rentner. Ein Flyer zur Auslage in der Urologenpraxis, ein paar Anzeigen und Webbanner – nach vier Stunden bin ich durch. Feierabend. Ich maile Trixi das Ganze rüber. Jetzt muss ich Anne anrufen.

„Hallo Fritz, was gibt's denn noch? …"

Kacke, verwählt, jetzt hab ich Trixi an der Strippe. Just in dem Moment klinkt sich Eddy ein. *Mann! Du hast dich nicht verwählt, es war dein Unterbewusstsein, das sich nach körperlicher Nähe sehnt. Nach Sex! Attacke!*

Und Eddy bleibt am Ball: „Hey, Trixi", höre ich mich sagen, „wenn du magst, kannst du mal bei mir vorbeikommen, so in 'ner halben Stunde. Reden wir 'n bisschen. Ich bin ja immobil, weißt schon, mit dem Auto."

Stille am Ende der anderen Leitung.

„Klar, dann komm ich eben zu dir", sagt sie mit Zittern in der Stimme.

Meier ist außer sich. *Wir sind Zeugen einer zunehmenden Entmoralisierung unseres Geistes beziehungsweise Körpers. Erst belügst du deinen Vater auf das Schändlichste*

und jetzt betrügst du die Frau, die zu vorgibst, zu lieben.
Wer hat das gesagt? Von Liebe war hier noch keine
Rede. Insofern: Klappe, Meier. Andererseits: Anne ist
echt was Besonderes, das weiß ich inzwischen. So eine
findet man nicht so schnell, *da solltest du dranbleiben.*
Bin ich ein Schwein? Möglicherweise. Vielleicht muss
ich mir aber auch einfach über meine Gefühle klar
werden. Aber jetzt muss ich mich beeilen. Ich hechte
die Treppe runter, parke den Benz um die Ecke und
springe in die Dusche. Als es Dingdong macht, bin ich
gerade fertig geworden. Blitzsauber und mit frischem
Hemd öffne ich die Tür. Und sehe Anne vor mir stehen.

„Na!" Sie haucht mir einen Kuss auf die Backe.
„Wollte mal sehen, wie du so wohnst."

Ich bin total perplex. Da kann jetzt nicht sein. „Woher hast du …"

„Deine Adresse?" Anne lacht. „Die stand auf der
Visitenkarte, aus der du gestern den Filter für unseren
Joint gebaut hast. Schon vergessen?"

Sie lässt mich stehen und marschiert in meine Wohnung. Dabei zieht sie einen Duftschleier hinter sich
her, der mich benommen macht. Ich kann förmlich
fühlen, wie die einzelnen Duftpartikel auf mich runter
rieseln. Ob da Pheromone drin sind?

Du musst sie abwimmeln, sofort, kabelt Eddy. Der an
allem schuld ist.

„Du, ich hab jetzt gleich noch einen Kundentermin",
rufe ich – und wie zur Bestätigung klingelt es auch
schon an der Tür. High Noon. Scheiße. Ich hab' nur
einen Ausgang. Soll ich Anne im Schrank verstecken?
Ich fühle Eddy hysterisch lachen.

„Ach, der Kunde kommt zu dir?" Anne sieht sich um. „Da hätte ich aber mal aufgeräumt."

Lass mich mal, schaltet sich Meier ein, der endlich Mitleid mit meiner Situation hat.

„Nein", antworte ich Anne vollkommen ruhig und souverän, „die Kundin holt mich ab, und wir fahren in ihrem Wagen zum Termin." Super, wie Meier das wieder einfädelt! „Mein Auto ist doch in der Werkstatt."

„Was, dein schöner Mercedes ist kaputt?" Anne macht große Augen.

„Ja, der läuft doch nur auf sechs Zylindern, und mit dem Klimakompressor stimmt was nicht", lüge ich nicht mal. Es klingelt noch einmal.

„Willst du nicht aufmachen?"

Ich muss umdisponieren. „Pass auf Anne", sage ich, eine Spur zu hektisch, „bleib du mal schön hier und sieh dich um. Ich bin in einer halben Stunde wieder da. Bier ist im Kühlschrank, Wein auch."

Respekt, du überlässt einem wildfremden Menschen dein Refugium. Das zeugt von viel Vertrauen. Da hat Meier Recht. Ich drücke Anne kurz und heftig an mich und küsse sie auf den Mund. Die Gute ist ziemlich verdattert, aber bis sie sich einigermaßen gefasst hat, bin ich schon an der Tür. Ich mache sie nur einen Spalt auf und quetsche mich durch.

„Hallo Fritz!"

Trixi hat einen langen, schwarzen Mantel und schwarze Stiefel an. Und so wie es aussieht, hat sie nichts drunter. Der klischeehafte Traum jeden Mannes. Ein anderes Mal hätte ich das sicher als sehr erotisch empfunden, doch in dieser Situation erschwert es die Lösung des Konfliktes erheblich. Nicht nur, weil ich extrem konfliktscheu bin, sondern vor allem, weil Trixi jetzt die Tür aufstößt und Anne gegenübersteht. Es ist totenstill im Raum. Anne durchbohrt Trixi mit ihren eisblauen Augen. Die kichert albern und zieht den Mantel enger um sich, als wäre ihr plötzlich kalt. In diesem Augenblick knallt mir eine Gewissheit grell wie in Blitz ins Hirn: Anne ist die Frau meines Lebens. Beziehungsweise war. Wär's gewesen. Hätte sein können.

„Schade" sagt Anne und sieht dabei furchtbar traurig aus. Aber sie weint nicht. Dann rauscht sie hinaus.

Das war's dann wohl.

Ich weiß nicht, warum ich jetzt wütend auf Trixi bin, die ja eigentlich nichts zu der Situation kann.

„Du hättest dir ja was Ordentliches anziehen können" schnauze ich sie an, „wie kann man so herumlaufen! Nackig! Am helllichten Tag! Und überhaupt, wer hat gesagt, dass wir vögeln?" *Du. Hast es zumindest gedacht. Ist gut, Meier.*

Trixi weint. Und zwar hemmungslos. Sie hält die Hände vors Gesicht, wobei ihr Mantel vorne auseinanderfällt, und tatsächlich nackte Haut freigibt. Mit zwei wunderschönen Brüsten. Ich bin emotional völlig überfordert. Mit der Frau, für die ich, was mittlerweile nicht mehr von der Hand zu weisen ist, Gefühle hege, hab ich es verkackt. Die Frau, mit der ich einen schönen Abend haben und Anne betrügen wollte, steht kurz vor einem Nervenzusammenbruch. Kann man die fünf Minuten von eben nicht einfach löschen? Ein bisschen Spaß haben, kann verdammt schwer sein. Ich stehe unter Schock. Trixi tut mir leid. Mechanisch nehme ich sie in den Arm und drücke sie an mich. Als hätte der Körperkontakt einen Schalter umgelegt, meldet sich Eddy wieder.

Also, da haben wir ja wieder mal wunderbar die Kurve gekriegt. Ich würde jetzt mal 'nen Gang hochschalten. Attacke! Während ich noch darüber nachdenke, ob ich Eddy nachgeben soll, ergreift Trixi die Initiative. Ganz offensichtlich ist ihr der Grund ihres Besuches wieder eingefallen. Sie küsst mich stürmisch, als müsste sie die paar verlorenen Minuten nachholen. Manche Dinge regeln sich von selbst. *Willst du wirklich mit einer Frau, die dir nichts bedeutet, Sex haben, während die andere …*

Ich bin ein Schwein.

5
The big sorry.

Anne ist erwartungsgemäß untergetaucht. Geht nicht ans Telefon, beantwortet keine E-Mails. Das Übliche. Aber ich gebe nicht auf. *Was machst du dir eigentlich Gedanken? Moralisch gesehen hast du dir nichts vorzuwerfen,* meint Eddy. Klar, Anne kenne ich erst seit ein paar Tagen, da ist noch nichts festgeklopft. Wir sind nicht verlobt (gibt's das noch?) Warum mache ich mich also verrückt? *Weil das mit Anne was Besonderes ist und weil du sie liebst ...* sagt Dr. Meier. Ja. Ich will diese Frau. Und ich muss etwas tun. Etwas, das sie komplett umhaut. Irgendwas Monumentales. Das muss eingehend besprochen werden. Natürlich im Blech.

„Du könntest einen Flieger mieten, der ein Spruchband hinter sich herzieht", sagt Nieno.

„Schick ihr tausend rote Rosen", sagt Fred, der immer zu Übertreibungen neigt.

„Nä, das muss subtiler sein, kreativer", sage ich.

„Vielleicht ein Radiospot?" meint Nieno.

„Zu teuer."

„Setz dich doch einfach vor ihre Wohnungstür und warte, bis sie kommt. Dann fällst du auf die Knie und bittest sie um Verzeihung", sagt Fred, und ja, das wäre die einfachste Möglichkeit. *Aber dafür bist du zu feige.*

„Oder schreib ihr einen Brief. Parfümiert natürlich", johlt Nieno. Das Ganze schaukelt sich hoch. Ich warte nur darauf, dass sie mir vorschlagen, ich soll Annes Namen mit Leuchtraketen in den Himmel schreiben. Aber ich wollte ja was Monumentales.

„Wie wär's, wenn du 'ne Plakatwand mietest?" schaltet sich Karl ein.

Eine Plakatwand ... die Idee gefällt mir. „Cool!"

„Darauf einen Dujardin!" sagt Karl und holt vier Schnapsgläser aus dem Regal.

Ich weiß schon genau, was ich machen will. „Passt auf", sage ich, „ Plakatwand mieten ist kacke, weil teuer. Aber man muss sie ja nicht mieten. Hauptsache, die Wand ist leer. Ich hab heute gesehen, dass in der Löherstraße so 'ne weiße Wand steht – und das ist zufällig die Straße, auf der Anne immer aus der Stadt rausfährt."

„Worauf warten wir noch?" sagt Nieno. „Wer weiß, wann die wieder plakatiert wird?"

„Wir brauchen große, weiße Papierbögen, einen dicken, fetten Edding und Kleister", sage ich.

„Alles da", sagt Fred, „ich hab noch den Pirelli-Kalender vom letzten Jahr, der ist riesig. Und so 'nen Supermarkt-Edding hab ich auch."

„Wieso schreibst du's nicht einfach direkt auf die Wand?" sagt Nieno.

„Da verschreibe ich mich einmal – und dann? Nehm' ich Tipp-Ex oder was?"

Der Kalender hat zwölf Blätter wirft Meier ein, *da muss man sich den Text genau überlegen.*

„Okay. Und was willst du draufschreiben?" fragt Nieno.

„Wart's ab."

Zwei Bier später laufen wir bei Fred ein.

„Also wir machen jetzt mal 'ne Kreativrunde", sagt er. Dann holt er drei Flens aus dem Kühlschrank. „Ich würde einfach 'Ich liebe dich' schreiben, passt immer."

'Ich liebe dich' geht gar nicht, das ist mir zu platt.

Würde aber genau passen, sind zwölf Buchstaben …

„Nee, nee", antworte ich, „ich will's größer. Ich schreibe: Heirate mich, Anne."

Allgemeine Stille.

„Meinst du echt?" fragt Fred, „was machst du, wenn sie ja sagt?"

„Na ja, das ist natürlich eher so rhetorisch gemeint", sage ich.

„Mann", krächzt Nieno, „Das ist mal wieder typisch Werbetexter. Ihr lügt doch, sobald ihr den Stift in die Hand nehmt! Mit so einem ernsten Thema spaßt man nicht. Außerdem", fährt er fort, „ist Heiraten höchstens aus steuerlichen Gründen interessant. Darüber hinaus hindert es die natürliche Evolution durch möglichst breitflächige Verteilung des Erbgutes. Ist ja allgemein bekannt. Die Natur hat nicht gewollt, dass wir ewig und drei Tage mit ein und derselben zusammen sind."

„Wieso, man kann doch auch fremdgehen, wenn man verheiratet ist", wirft Fred ein.

„Stimmt natürlich. Ist aber moralisch verwerflich", sagt Nieno.

Der Pirelli-Kalender ist tatsächlich ziemlich groß, ich schätze mal DIN A2. Statt knackigen Postergirls dreht es sich hier aber interessanterweise um das andere Geschlecht. Genauer gesagt um die 'Dark Room Edition', wie ich oben rechts lesen kann.

„Sag mal Fred, du bist doch hetero, oder?" sage ich.

„Hab den Kalender von Bruno geschenkt bekommen. Und Geschenke soll man nicht abweisen", antwortet Fred. „Außerdem sollst du dir darauf keinen runterholen, sondern draufschreiben."

Jetzt wird's kompliziert, höre ich Meier, *'Heirate mich Anne' sind nämlich 15 Buchstaben, und du hast nur zwölf Bögen ...* „Dann schreib ich Anne eben komplett auf einen Bogen", antworte ich mir selbst – und schaue in Freds ratloses Gesicht. Muss den Jungs mal bei Gelegenheit von meinen beiden Freunden im Oberstübchen erzählen. Aber nicht jetzt.

Ich nehme den ersten Bogen mit einem muskulösen, schweißüberströmten Brünetten im knappen schwarzen Tangahöschen auf der Vorderseite, der eindeutige Handlungen an einem Schraubenschlüssel vornimmt. Fred hat tatsächlich einen dieser fetten, schwarzen Eddings, mit denen die Preistafeln im Supermarkt beschriftet werden. Sehr gut. Ich setze an und schreibe quietschend H, gut, etwas krumm, die Striche, dann hole ich mir den zweiten Bogen (Ölverschmierter Tarzan an LKW-Reifen mit einem – oha! – blitzenden goldenen Schneidezahn) und schreibe E, dann I. Es läuft immer besser.

Fertig. Ich breite die Bögen auf dem Boden aus.

HEIRATE MICH ANE

Mist!

„Anne schreibt man mit zwei N", bemerkt Fred, der Legastheniker.

„Was du nicht sagst!" Ich schnappe mir nochmal den Edding und flicke ein zweites N in den Namen. Sieht natürlich scheiße aus. Das bleibt jetzt so, da muss Anne durch.

Nieno hat aus der Tageszeitung ein lustiges Schiffchen gebastelt, das er mir auf den Kopf setzt. Jetzt müssen wir die Dinger nur noch plakatieren.

„Vor zwei, drei Uhr brauchst du da gar nicht dran zu denken", sagt Fred, als hätte er meine Gedanken gelesen. „Viel zu viel Verkehr im Löhergraben. Wir müssen warten, bis die Stadt schläft."

Ich schaue auf meine Uhr. Kurz vor Zwölf. Das kann ja heiter werden in dieser Runde. Und das wird es. Um halb Drei sind wir komplett hinüber, und nur dank eisernem Willen kann ich mein Team aus der Lethargie reißen.

„Los Jungs, wir müssen!"

„Stop", lallt Fred, erss noch Kleisser machen!"

Fred schleppt den Eimer mit Kleister zu seinem Pickup, ich trage die Papierbögen. Nieno hat eine kleine Leiter unter dem Arm.

Mit echten 30, aber gefühlten Hundert rasen wir die Löherstraße runter. Fred hält sich mit der Hand ein Auge zu. Ich habe mir zur Sicherheit eine Sonnenbrille aufgesetzt, damit mich bei unserer illegalen Plakataktion niemand erkennt. Fred hat den Kleistereimer im Fahrerhaus zwischen ihm und mir platziert, warum auch immer. Der Mittelstreifen teilt sich wie ein Reißverschluss. Wie gut, dass ich nicht fahren muss. Wir steuern auf die Bushaltebucht am Straßenrand zu, Fred bremst. Leider etwas zu stark. Der Kleister schwappt auf meine Schuhe. Ich will mich gerade aufregen, aber als ich Fred ansehe, habe ich fast Mitleid mit ihm. Sein Kopf ist auf die Brust gesunken, während er sich immer noch das Auge zuhält. Ich rüttele ihn.

„Fred, nicht abkacken!"

„Ich halt dir den Kleissereimer", schreckt Fred hoch.

„Lieber nicht." Ich drehe mich um und sehe, dass Nieno auf dem Rücksitz des Doppelkabiners ebenfalls entschlummert ist.

„Nieno!" rufe ich nach hinten.

Er reißt die Augen auf und schaut mich an, als wäre ich ein Polizist.

„Nieno, jetzt mach mal hin. Du musst mir die Bögen anreichen. Ich kann doch nicht bei jedem Bogen die Leiter runterklettern." Mir ist jetzt schon schwindlig.

Nieno murmelt irgendwas und wuchtet sich in die Senkrechte. Als ich aus dem Pickup steige, rutsche ich beinahe aus und kann mich gerade noch am Türrahmen festhalten. Meine Schuhe sind spiegelglatt. Klar, der Kleister. Ich seh' mir die Treter mal an: *Die kannst du wegschmeißen* konstatiert Meier.

Meinem Kreislauf hat die Rutschaktion nicht gutgetan, ich sehe doppelt, obwohl ich ja wegen der scheiß Sonnenbrille sowieso so gut wie nichts sehe. Vorsichtig tappe ich in Richtung Plakatwand und klappe das Leiterchen auf. Den Kleistereimer hänge ich ein. Wo ist eigentlich der Pinsel, diese Quaste? Ich tappe nochmal zurück zum Auto und rüttele Fred wach.

„Fred, wo ist denn der Pinsel?"

Keine Antwort.

Was mach ich ohne Pinsel? *Der Herr hat dir zwei Hände gegeben ...* sagt Meier, aber Eddy hat einen besseren Vorschlag: *Zieh die Bögen einfach durch den Kleister.* Klasse Idee!

Ich schnappe mir einen Bogen von Nieno, der zusammengesunken wie ein Häufchen Elend dasteht, und schreite zur Tat. Leider sehe ich quasi Null und muss mich voll auf Nieno verlassen, dass er mir die Bögen in der richtigen Reihenfolge gibt. Schlauerweise habe ich sie bei Fred schonmal sortiert. Kann also eigentlich nichts schiefgehen. Dummerweise muss ich tastsächlich bei jedem Bogen von der Leiter runter, weil Nieno sich keinen Millimeter bewegt. Man muss froh sein, dass er stehenbleibt.

Beim letzten Bogen sehe ich weit vorne zwei Scheinwerfer. *Das hatten wir doch schonmal?* Ich pappe den Bogen hektisch und etwas schief an die Wand und zerre Nieno zum Pickup. Die Leiter und der Eimer fliegen auf die Ladefläche. Schnell rüber auf die Fahrerseite, Fred weggeschubst, Licht an und los.

Es ist tatsächlich die Polizei. Sie fahren langsam an uns vorbei und glotzen uns an. Wie ich im Rückspiegel sehen kann, dreht der Streifenwagen auch und folgt uns. *Du weißt schon, dass du nicht mehr fahren darfst?* jammert Meier, *das geht nicht gut aus!*

Ich gebe Gas und düse scharf rechts den Dalberg hoch und gleich wieder rechts in die nächste Gasse. Stopp. Ich mache den Motor aus, ziehe den Schlüssel heraus (wichtig!) und springe aus dem Auto. Dann sprinte ich die Gasse hoch. Zwei schlafende Männer in einem Auto sind nicht strafbar. Wenn der Schlüssel abgezogen ist. Ich höre ganz nah ein Martinshorn. Ist es so ernst? Ich will nicht ins Gefängnis. Mit wummerndem Herzen kauere ich in einer Hausnische. Ich höre Rascheln. Sind das Schritte?

Ich rechne durch, wie lange der Lappen wohl weg sein wird, während dieses komische Rascheln immer näherkommt. Aber ich höre keine Stimmen. Irgendwann wage ich mich aus meinem Versteck. Keine Bullen weit und breit.

Nur jede Menge trockenes Laub.

Um sechs Uhr ruft mich Fred am nächsten Morgen an. Dass der schon wieder fit ist? Handwerker eben. Ich hab jedenfalls einen amtlichen Kater. Die Sonnenbrille hab ich immer noch auf. Wahrscheinlich komplett verbogen.

„Äh, Fritz", knurrt Fred, „ich bin eben durch den Löhergraben gefahren …"

Es dauert eine Weile, bis Fred zu mir durchdringt.

„Was?"

„Es gibt da ein kleines Problem …"

„…"

„Schau es dir am besten selber an", sagt Fred, „und ich würde mich beeilen."

„Wieso?" Mir ist so was von schlecht.

„Wirst schon sehen."

Angesichts meines Zustandes verzichte ich auf das Auto und gehe zu Fuß. Es ist nicht leicht. Vor allem, weil meine Jeans, mit der ich ins Bett gegangen bin, vom Kleister jetzt steif wie ein Brett ist.

Das „Plakat" ist ein Desaster, besser gesagt: Es existiert nicht mehr. Von den zwölf Bögen hängen noch drei, einer davon ist falsch herum aufgeklebt, mit der Bildseite nach vorne – es ist der Muskeltyp mit dem Schraubenschlüssel. Alles, was man noch lesen kann ist HEI, dazwischen der Schraubenschlüsselmann. Dann ANNE. *Was will uns das sagen?* ätzt Meier.

Ich reiße die Bögen von der Wand runter – sie sind

immer noch kleisterfeucht – und klaube die restlichen vom Boden auf. Hoffentlich sieht mich keiner. Dann schleiche ich mit dem Müll unterm Arm wieder nach Hause.

Mission gescheitert.

6
Ab nach Shangri-la!

Glücklicherweise dürfte unsere Aktion die Beziehung zwischen Anne und mir nicht weiter verschlechtert haben. Denn wie ich inzwischen erfahren habe, war Anne zu der Zeit in den Urlaub geflogen – und hat ergo nichts davon mitbekommen.

Doch während Anne mir die kalte Schulter zeigt, verhält es sich bei Trixi genau umgekehrt. Man könnte es fast schon Telefonterror nennen. Blockieren kann ich ihre Nummer auf dem Handy aber auch nicht. Schließlich muss ich mir sie irgendwie warmhalten. Ist ja meine Kundin.

Heute macht mir aber was anderes zu schaffen: die Hitze. Ich habe das Gefühl, als bewege ich mich in heißer Marmelade. Das Thermometer zeigt nun schon seit Tagen 38 Grad. Kein Wunder, dass Eddy und Meier langsam Ausfallerscheinungen zeigen. Ich schlurfe zu meinem Wagen. Die Hitze in dem Benz ist obszön. Ich schätze mal, siebenundsechzig Grad. Blöd, dass mir jetzt auch noch der Klimakompressor abgeraucht ist. Also wird sich an dem Zustand kurzfristig auch kaum etwas ändern lassen. Ich lasse mich auf die kochend heißen Lederpolster sinken und warte, bis der Schmerz in meinen nackten Oberschenkeln verschwindet.

Ich brauch ganz dringend was furchtbar Kaltes, ächzt Meier, während Eddy überhaupt nichts mehr sagt. Ein typisches Zeichen dafür, dass er kurz davor ist abzukacken. Was tut man, wenn sich die rechte Gehirnhälfte plötzlich verabschiedet? *Wie wär's mit 'nem super-*

eiskalten Bier von der Tanke? Meier weiß, was gut für Eddy ist. Ich setze den Vorschlag sofort in die Tat um.

In der Tankstelle ist an diesem Samstagnachmittag kaum etwas los. Neben einem Abschleppwagen vom ADAC, aus dem Freds Schwager Karlo herauswinkt, ist mein Benz das einzige Auto. Ich winke Karlo kurz und entere den Tankstellenshop. Auch hier gähnende Leere. Zielsicher geht's auf die Kühltheke zu. Ich öffne die Tür und genieße den eiskalten Dampf, der mir entgegenschlägt. Der Kälteschock bleibt nicht ohne Wirkung. *Hallo zusammen. Da wär ich wieder,* meldet sich Eddy zurück, *nimm am besten Beck's Gold. Aber lass' dir Zeit mit dem Rausholen … Wir wollen die Kühle nämlich noch ein bisschen genießen,* ergänzt Meier.

Gerade als ich anfange, vor der geöffneten Kühltheke zu frieren, bellt es von der Kasse her: „Nu moch'n se doch mol de Kühlschronktür zu! Energiespor'n!"

Gehorsam schnappe ich mir einen Sixpack und schlendere zur Kasse. Als ich die Dame hinterm Tresen in Augenschein nehme, stelle ich wieder mal fest, dass Stimme und Äußeres nicht zwingend zusammenpassen müssen: Das Mädchen ist ziemlich hübsch. Schöne Augen, ebenmäßiges Gesicht, … *und prima Möpse,* ergänzt Eddy. Aber mit der Stimme und dem Dialekt ist sie verdammt, für immer in der dritten Liga zu spielen. Oder auf ewig die Klappe zu halten. Ich habe einmal mit einer Frau telefoniert, da war es genau umgekehrt: Ihre Stimme war so was von sexy, dass ich fast in den Hörer ejakuliert hätte. Optisch war sie dagegen komplett Fehlanzeige, wie ich später bei einem Lokaltermin feststellen musste – schon allein, weil die Gute 50 Kilo zu viel auf der

Hüfte hatte. Aber um den Anrufbeantworter-Text, mit dem sie meine Mailbox besprochen hatte, beneiden mich meine Kumpels bis heute.

Draußen schlägt mir die Hitze wieder gnadenlos entgegen. Doch jetzt bin ich nicht mehr wehrlos. Ich reiße den Sixpack auf, knacke eine Flasche Beck's Gold mit dem Feuerzeug und gluckere die Flasche in einem Zug weg. Nun geht's mir schon erheblich besser. In meiner Hosentasche vibriert das Handy. Ich genieße die Vibrationen noch ein bisschen, bevor ich rangehe.

„Hey Alter, heute Abend schon was vor?" krächzt Nieno aus dem Hörer.

Ich dachte daran, in meiner Badewanne voller Eiswürfel den Sixpack zu killen, ein, zwei Joints zu rauchen und mir die neue von Marcy Playground reinzuziehen.

„Nö, nix Besonderes", sage ich lahm, was „liegt denn so an?"

„Mann, bist du drauf? Heute fängt doch das Kommz an!"

Wie konnte ich das vergessen: das Kommz! Das Openair-Highlight des Sommers!

„Wer spielt denn?"

„Als wenn dich das jemals interessiert hätte. Wir fahren da hin, kiffen ein bisschen und machen uns 'nen schönen Abend!"

Ich kann Nieno die Begeisterung richtig anhören.

„Und das Beste ist: Du musst nicht mal selber fahren. Fred nimmt uns mit."

Das Angebot kann man natürlich schwer ausschlagen. Aber Meier hebt den mentalen Zeigefinger: *Ich*

weise darauf hin, dass wir letztes Jahr …, doch Eddy
Vergnügungsminister schneidet ihm brutal das Wort
ab: *Arsch lecken, Meier! Natürlich sind wir letztes Jahr bit-
terböse versackt. Deshalb geht man doch aufs Kommz. Das
Kommz ist Pflicht!* Eben.

„Wann?"

„Fred ist um halb acht bei dir."

Fred ist wie immer fünf Minuten vor der Zeit da.
Als er hupt, bin ich gerade dabei, mir Gel in die Haare
zu schmieren. Ich haste zum Fenster.

„Komme gleich!"

Dass in diesem Augenblick das Telefon klingelt,
wäre an sich nicht weiter schlimm, wenn ich nicht die
Hände voll pappigem Gel hätte. Ich linse aufs Display,
um die Nummer zu checken: Frankfurter Vorwahl
… *Scheiße, Mann, das ist Neppsteiner & Partner!* warnt
Meier. Wenn Neppsteiner freitagabends um halb acht
anruft, ist es garantiert oberdringend. Also flitze ich
ins Bad, wische mir die Gel-Hände an einem Handtuch ab und düse wieder zurück zum Telefon. Dummerweise liegen mitten im Weg meine Sneakers, die
ich beim Nachhause kommen von den Füßen gekickt
hatte, und die sich dabei auf das Innigste mit dem
Staubsaugerkabel verbunden haben. Ich mache einen
Satz wie ein Weltklasse-Weitspringer, um nicht zu
fallen, und schaffe es tatsächlich, mich nur minimal
an der Schulter zu verletzen, als ich am Türrahmen
hängenbleibe.

Natürlich hat Hugo nicht so lange warten wollen.

„Hallo Fritz. Wir hätten da einen ziemlich dringenden
Job. Muss asap abgeliefert werden, spätestens Mon-

tagmorgen. Schlage vor, wir treffen uns Montag, zehn Uhr in der Agentur", quäkt es vom Band. „Übrigens bin ich heute Abend ..."

„Klappe", murmele ich und schalte das Teil ab, „morgen ist auch noch ein Tag".

In Freds Kingcab-Pickup kann man die Luft schneiden. Ich schmeiße mich auf den Beifahrersitz und werfe einen prüfenden Blick in die Runde. Die aus meinem besten Freund Nieno, Karl und Fred besteht. Dann greife ich mir die Tüte, die mir von Nieno über die Schulter gereicht wird. Das Ding hat es in sich. Bei Freds Joints muss man immer aufpassen.

Während Fred bedröhnt, doch souverän den Wagen durch die hitzeschweren Straßen manövriert, quatscht Nieno wie ein Wasserfall. Wie immer, wenn er bekifft ist.

„Ey Fritz, weißt du wer mich grade vorhin angerufen hat? Anne."

„Woher kennst du Anne?" frage ich verblüfft.

„Och, die ist 'ne Freundin von Betty und Karl und treibt sich seit einigen Tagen bei uns rum."

„Wie?"

„Sie meint, sie will dein Umfeld kennenlernen. Scheint was Ernstes zu sein zwischen euch. Bloß komisch, dass man euch nicht zusammen sieht. Und überhaupt: Hättste mir ja mal sagen können."

Äh. Mein Herz macht einen Bungee-Hopser. Aber warum geht sie dann nicht ans Telefon?

„Die gräbt Karl doch bloß wieder die Gäste an", bohrt Fred in der Wunde. Er zieht an dem Joint und gibt ihn grinsend an mich weiter.

„By the way, was läuft denn da mit Trixi?" Nieno

beugt sich zu mir vor. „Da bist du ja auch schwer involviert, wie man so hört."

Aschaffenburg ist ein Kaff. „Gar nix läuft mit Trixi", antworte ich, „also für mich jedenfalls."

„Na komm", insistiert Nieno, „da hab ich aber was anderes gehört."

„Trixi steigt mir nach. Aber ich habe kein Interesse. Unser Verhältnis ist rein beruflich."

„Schon klar, ihr befruchtet euch gegenseitig", kräht Fred.

Ich schnippe den Joint aus dem Fenster. *Lass sie reden.*

Der Parkplatz am Kommz ist natürlich gerammelt voll, so dass Fred sich gezwungen sieht, den Nissan auf dem Acker nebenan zu parken.

„Für solche Fälle hab' ich vorgesorgt", murmelt Fred. Er fischt aus dem Handschuhfach ein rot umrandetes Schild WIR LIEFERN EILIGE DÜNGEMITTEL heraus und klemmt es hinter die Frontscheibe.

„Und du meinst, die Bullen nehmen dir das ab?" Nieno lacht.

„Klar", entgegnet Fred, „so lange kein Bauer kommt."

Im Vergleich zum Parkplatz herrscht an der Kasse wenig Betrieb. Sehr gut. Ich habe nämlich einen höllischen Durst. Meine Kehle fühlt sich an wie ein Fensterleder, das drei Jahre auf der Heizung gelegen hat. *Der Amerikaner nennt das cotton mouth,* doziert Meier, *im fränkischen Volksmund auch Wollmaul genannt. Kommt vom Kiffen.* So so. Ich habe leichte Mühe, meine Bewegungen zu koordinieren. Die Tüte hat mich doch mehr mitgenommen, als erwartet. *Gegessen haben wir auch noch nichts,* mault Eddy. Stimmt. Das kommt erschwerend hinzu. Jedenfalls ging's mir schon mal besser.

Der Park, in dem das Kommz veranstaltet wird, sieht aus wie jedes Jahr: Zelte stehen lose verteilt auf der Wiese; auf den ausgebreiteten Schlafsäcken und Decken lungern Leute in der Sonne und/oder kurieren ihren Kater aus. Andere bauen ihren Schlafplatz gerade erst auf und packen Bündel mit Klamotten und Fressalien aus. Und natürlich stehen, gehen sitzen, essen, trinken überall Menschen, meist in meinem Alter. Zwischen all dem Gewusel gefühlte Millionen, ach was, Milliarden spielender, schreiender Kinder.

Fred hat derweil erfolgreich Ausschau gehalten: „Da vorne sind sie!" Er steuert zielstrebig auf eine Menschengruppe zu, die einige Meter vor der Biertheke herumhängt. Es ist alles da, was Rang und Namen hat. Sogar Anne. *Da müssen wir jetzt durch,* meint Meier.

Ich beschließe, erstmal passiv zu sein und abzuwarten. Den Joint, der mir gereicht wird, lehne ich ab. Jetzt nicht. Überhaupt muss ich erstmal meine trockene Kehle in den Griff kriegen. Ich bin einfach so was von dehydriert.

„Wer trinkt Bier? Ich geh' holen!" rufe ich und sammele die Kohle ein. Die Resonanz ist, wie erwartet, überwältigend. Kein Wunder: Die Schlange am Bierstand hat rekordverdächtige Ausmaße, und die Sonne brutzelt runter, als wäre der ganze Park ein einziges fettes Spiegelei. Egal. Ich reihe mich brav ein, während ich mühsam den letzten Rest Speichel in meinem Mund zusammensauge. Mann, der Staub in der Sahara ist ein Feuchtbiotop dagegen! Ich muss an ein Buch denken, das ich vor kurzem gelesen habe. Es handelt von einer Amerikanerin, die mit Aborigines den australischen Outback durchquert, und diese Frau hatte sich vor dem Verdursten gerettet, indem sie einen Stein in den Mund steckte, um den Speichelfluss anzuregen. Ich überlege kurz, ob ich mich bücken soll.

Gefühlte Stunden später ist die Biertheke in greifbare Nähe gerückt. Ich habe nur noch zwei Personen vor mir. Der Typ ganz vorne an der Quelle trägt ein verschwitztes kariertes Hemd und hat fettige, schwarze Haare. Sein durchdringender Dönergestank macht mich fast ohnmächtig. Der Typ scheint die Tussi an der Theke irgendwie zu kennen, denn statt zu bestellen, unterhält er sich intensiv mit ihr. Oder besser gesagt, sie redet auf ihn ein.

Wahrscheinlich eine zerbrochene Beziehung. Traurig, das, meldet sich Meier zu Wort. Ich für meinen Teil sehe das pragmatischer.

„Sag mal, muss der hier so lange rumquatschen?" haue ich den Typen vor mir an. Der sieht eigentlich ziemlich normal aus, fast schon spießig.

„Ich nehme an", antwortet der Spießer, „dass man ihm das Bestellen erklärt. Das ist nämlich nicht so einfach. Man muss zuerst …"

Jetzt ist der Spießer an der Reihe und kann mich daher nicht mehr aufklären, was es mit dem Bestellen auf sich hat. Mir ist das auch ganz recht, denn ich habe inzwischen echte Mühe, auf den Beinen zu bleiben. Mein Schwerpunkt scheint irgendwie im Kopf zu sitzen, ich komme mir vor wie eine Palme im Wind.

Alles schwankt. Und meine Kehle ist ein Wadi in der Trockenzeit. Endlich, endlich komme ich an die Reihe.

„Acht Bier und zwei große Sauergespritzte" presse ich hervor. Während sich meine Schmirgelpapierzunge an dem furztrockenen Gaumen wundscheuert. Ich fingere meinen prall mit Münzen gefüllten Geldbeutel aus der Gesäßtasche, um ihn griffbereit zu haben, und die Frau an der Theke holt tief Luft und legt los:

„Ich nehme an, du bestellst hier zum ersten Mal. Okay. Also, du brauchst erstmal Getränkemarken, die gibt's hier …"

Ich halte mich schwindelnd an der Theke fest.

„Mach hin, Mädel," denke ich, „mach, mach, mach!" Irgendwie wird es immer heller um mich herum. Wieso haben die bei der Helligkeit noch Scheinwerfer? Die Bedienung dringt nur noch bruchstückhaft durch.

„… Damit gehst … du zur Aus---gabe …"

Scheiße, geht's mir schlecht.

„… wo du Ge-trän--ke be-komm---st …" Jajaja.

„… Dazu … wir … noch Pfand------marke--nnnnn, weil … Glas …"

Keine Chance. Der Boden ist einfach zu nachgiebig. Wie ein Gitterrost aus gegrillten Marshmallows. Das Thekenbrett flutscht mir aus der Hand wie nasse Seife. Plötzlich ist alles weiß, hellweiß, blendend weiß, superweiß. *Bis später*, raunt Eddy noch, und dann macht es ZUMP.

Ich knalle hin. Und weg bin ich.

7
Zurück im Leben.

Als ich die Augen wieder aufschlage, habe ich eine Erscheinung. Ein Engel im dünnen, weißen Kittel schwebt vor mir herum. Das Erwachen könnte angenehmer nicht sein. Und jetzt habe ich auch sofort eine Peilung, wo ich bin. Denn wie ich weiß, tragen nur Krankenschwestern solche Fummel. Ergo muss ich hier im Sanitätszelt sein. Die Schwester hat mir den Rücken zugedreht, und ich starre auf ihren Hintern. Da dreht sich die Dame um – zu schnell für mich, um den Blick in eine unauffälligere Richtung zu lenken. Natürlich hat sie's mitgekriegt und zupft unwillkürlich an ihrem Kittel. Sie ist wirklich hübsch.

Die Schwester hat sich schnell wieder im Griff und blickt mich prüfend an: „Na, geht's wieder?"

Ich fühle mich bemüßigt, meine Situation zu erklären, bin aber durch die wohlige Benommenheit gehandikapt. Und durch die (schon wieder) eisblauen Augen der Schwester, die einen Augenfreak wie mich etwas aus dem Konzept bringen.

„Muss wohl der Kreislauf gewesen sein ... nix gegessen ... und dann die Hitze ..." murmele ich.

„Ja, ja, und so drei, vier, fünf Bier werden wohl auch dabei gewesen sein", entgegnet die Krankenschwester.

Ich will widersprechen, doch Meier meint weise: *Lass sie in dem Glauben. Ist juristisch besser.*

„Stimmt" sage ich, an Meier gewandt, was die Schwester natürlich als Zustimmung wertet. Scheiß drauf. Ächzend richte ich mich unter den wachsamen

Blicken der Schwester auf. Au! Ich muss wohl auf die Schulter gefallen sein, die ich mir zu Hause am Türrahmen angeschlagen hatte.

„Fallen will gelernt sein", bemerkt die Schwester trocken, „soll ich mal nachsehen?"

„Nee, nee, danke." Ich habe absolut keinen Bock, hier den Abend zu verbringen. „Geht schon." Wie spät ist es eigentlich? Ich checke meine Uhr: halb elf. Demnach habe ich über zwei Stunden hier im Sanitätszelt gelegen. Welch eine Zeitverschwendung.

Als ich aufstehe, merke ich, dass ich immer noch ganz schön drauf bin. Ich setze ein, wie ich glaube, mildes Lächeln auf und sage zur Schwester: „Danke für die nette Betreuung. Habt ihr hier irgendwo 'ne Spendenbox?"

Ich fasse an meine Gesäßtasche, um mir die Geldbörse zu angeln. Die Sanitätsdame verneint. Doch das kriege ich gar nicht mit.

Denn die Geldbörse ist weg. Fort. Verschwunden. Quasi nicht mehr vorhanden.

„Äh, und kann es sein, dass ihr meinen Geldbeutel hier irgendwo liegen habt?" frage ich zögernd nach, obwohl ich die Antwort bereits weiß.

„Nö, leider negativ" entgegnet die Schwester teilnahmsvoll und tritt einen Schritt auf mich zu. Jetzt lächelt sie. „Ich heiße übrigens Karin."

„Ich nicht."

Oh Mann, bin ich sauer! *Und damit haben wir wieder mal 'ne kristallklare Chance für 'ne Nacht mit einer Superfrau verbockt,* bemerkt Eddy sarkastisch, *du wirst dir spätestens in einer Stunde so was von in den Arsch beißen.* Klar. Aber jetzt gelten eben andere Prioritäten. Verfickte Scheiße! In der Geldbörse waren alle meine Kredit-karten inklusive ADAC-Karte, mein Ausweis und eine ganze Menge hoch privater Notizen. Von der Kohle ganz zu schweigen. Ich kann mir plastisch ausmalen, wie die Umstehenden über meine Börse hergefallen sind, während ich besinnungslos im Kommz-Staub lag. Diese Geier. Ich spüre, wie der Ärger mich über-flutet und bin völlig machtlos dagegen.

„Aaarg!" In ohnmächtigem Zorn haue ich mir gegen die Stirn.

„Ich kann dich gut verstehen", sagt Karin Kranken-schwester. Pff.

Inzwischen ist es stockdunkel geworden – ein wei-teres Problem. Denn erstens habe ich sowieso keinen Plan, zweitens habe ich, wie mir jetzt erst einfällt, mein Handy zu Hause vergessen und drittens weiß ich aus leidvoller Erfahrung, was es heißt, seine Leute nachts auf dem Kommz aus den Augen zu verlieren. Und man kein Handy dabeihat. Da kann man eigent-lich gleich nach Hause gehen. Denn außer ein paar Fackeln gibt's auf den Wiesen kein Licht. Man findet, poetisch ausgedrückt, einfach nicht mehr zueinander. Na ja, erst mal was trinken gehen. *Womit denn?* holt mich Meier auf den Boden der Tatsachen zurück. *Du hast keinen Pfennig mehr, und schenken wird dir keiner was. Es ist eine unbarmherzige Welt da draußen.* Dass Meier in den unpassendsten Momenten immer so pathetisch werden muss.

Ich schlage vor, wir schmeißen uns an 'ne Alte ran und lassen uns den Abend aushalten. Vielleicht springt ja auch 'ne Nummer dabei raus. Jedenfalls können wir eine tolle Geschichte erzählen und 'n bisschen Mitleid ergeiern.

So ist Eddy: Immer kreativ, besonders in Notlagen. Ja, und warum eigentlich nicht? Ich beschließe, Eddys Ratschlag einfach mal in die Tat umzusetzen. Ich sehe mich um: Erkennen kann ich hier absolut niemand, die Menschen sind formlose Schatten – und unisex. *Nimm einfach jemanden mit langen Haaren, das wird schon hinhauen.* Darauf will ich mich aber nicht verlassen. Ich stolpere über das Gras und starre die vorbeihuschenden Schatten an. Jetzt kommt jemand direkt auf mich zu. Ziemlich schlank und ziemlich lange Haare.

„Äh ʼtschuldigung", sage ich zu dem Schatten, „kannst du mir vielleicht mal zwo Euro leihen, ich hab' nämlich grade eben …"

„Verpiss dich", antwortet eine tiefe Stimme, und ich merke, wie ich zwei bis drei soziale Stufen tiefer sacke. Scheißfeeling. *Knapp daneben ist auch vorbei*, feixt Meier, aber er spart auch nicht mit konstruktivem Input: *So wird das nix. Wir sollten mal vor an die Theke gehen. Hier sieht man ja die Hand vor den Augen nicht.*

An der Theke herrscht noch immer voller Betrieb. Ich schlendere umher und lasse den Blick schweifen. Vielleicht finde ich meine Leute ja doch noch. Etwas abseits der Theke im Halbdunkel stehen einige Reihen Biertische. Mal sehen, ob ich hier Glück habe. *Hey, ich hab's*, meldet sich Eddy. *Du malst dir ein Schild: Ich bin Fritz. Kennt mich hier jemand?* Ich muss über diesen spontanen Einwurf herzhaft lachen – und stolpere plötzlich über ein ausgestrecktes Bein. Ich stürze gegen einen der Tische. Und sehe im Fallen, wie Pit gerade dabei ist, Anne anzubaggern. Aber nur so lange, bis die Tischkante seinen Solarplexus gerammt hat und beide nach hinten kippen. Ausgerechnet Pit, dieser halbseidene Schnösel, der sich in unsere Clique geschleimt hat. Ich empfinde eine wilde Freude, als er da so japsend unter dem Biertisch eingeklemmt liegt. Ha! Friss Scheiße, Wichser! Anne dagegen tut mir leid, und deswegen hebe ich den Tisch dann doch recht zügig hoch.

Anne schaut mich mit einem seltsamen Blick an, bei dem ich nicht weiß, ob sie böse auf mich ist oder peinlich berührt oder genervt. Verliebt guckt sie jedenfalls nicht, soweit ich das beurteilen kann.

„Wo bleibt mein Bier, du Arsch?" blafft Pit.

Ruhig Brauner, säuselt Meier, *jetzt keinen Streit anfangen. Ich würde mit meinem Intellekt kontern. Lass mich mal ran.*

„Ich musste mich wegen eines Schwächeanfalls kurzfristig in ärztliche Behandlung begeben."

„Du musstest was?" fragt Anne entgeistert, doch bevor ich antworten kann, taucht Nieno auf und knufft mich in die Seite: „Hey Alter, wo warst'n so lange? Wir haben dich gesucht!"

Also erzähle ich meine Geschichte. Erwartungsgemäß gibt's reichlich Anteilnahme. Bald habe ich ein frisch gezapftes Bier vor mir stehen und einen glimmenden Joint in der Hand. Wobei ich mich vergewissere, dass die Tüte nicht von Fred kommt. *Genau. Machen wir da weiter, wo wir vorhin aufgehört haben,* freut sich Eddy.

„Das mit deiner Geldbörse ist natürlich oberkacke", meint Nieno, „aber da kann man nix machen. Ehrliche Leute gibt's eben kaum noch."

„Wieso, hast du denn schon mal an der Theke gefragt?" meldet sich Ina am anderen Ende des Tisches.

Ina, ihres Zeichens Freds Ex-Freundin, hat ein etwas eigenartiges Verständnis von Humor, so dass ich nicht genau weiß, ob sie mich auf den Arm nimmt oder es ernst meint. Ich wäre nie auf die Idee gekommen, an der Theke nach meinem Geldbeutel zu fragen. Allein schon wegen dieser unsympathischen Plaudertasche von Bedienung. Da setzt sich Anne neben mich. Damit habe ich nicht gerechnet. Mein Bauch fühlt sich an, als würden zwanzig Kilo Spagetti darin rumoren. Mir ist ein bisschen schlecht.

„Fritz, die Sache neulich … ich hab nachgedacht. Ich hab nicht das Recht, dir irgendwas vorzuschreiben, und wir haben uns ja auch gerade mal 24 Stunden gekannt." Sie rutscht näher an mich ran und legt mir die Hand auf den Oberschenkel. „Also, was ich sagen will, ich …"

Weiter lasse ich sie nicht kommen. Ich fasse ihren Kopf mit beiden Händen und wir küssen uns leidenschaftlich. Anne strahlt mich wieder an. Alles ist gut.

Im Überschwang sage ich beinahe: „Du bist die Frau meines Lebens," kriege aber gerade noch die Kurve und artikuliere stattdessen „Das mit Trixi, das war ein Ausrutscher. Kommt nicht mehr vor." Mit dem Lebens-Ding muss man aufpassen.

Aber trotz aller Romantik, weiß ich noch immer nicht, wie ich meinen Geldbeutel wiederbekomme.

Da kommt Ina und sagt leise: „Sag mal, warum gehst du nicht hoch auf die Bühne und machst 'ne Durchsage? Soweit ich sehen kann, ist da oben grade Umbaupause. Vielleicht kriegst du ja wenigstens deine Papiere zurück."

Hm, die Idee scheint gar nicht so dumm zu sein. Und obwohl Meier mich warnt, weil ich mich angeblich gar nicht mehr richtig artikulieren kann, stehe ich auf und gehe festen Schrittes auf die Bühne zu.

Unten stehen ein paar Typen mit ihren Bierkrügen unentschlossen rum, als wüssten sie nicht, ob sie den Lärmfetzen zuhören oder sich unterhalten sollen. Scheinbar ist die Umbaupause schon vorüber, und man ist zum Soundcheck übergegangen. Oben auf der Bühne halten sich zwei Roadies an den Keyboards oder was auch immer fest und erzeugen einen chaotischen, brummenden Klangteppich.

Ich entere die Bühne mit federnden Schritten und marschiere auf den Mikrofonständer zu. Jetzt fällt mir ein, dass ich mir überhaupt nicht überlegt habe, was ich eigentlich sagen will. Meier und Eddy werden das schon richten, hatte ich gedacht, aber aus der Richtung herrscht jetzt totale Funkstille. Dann eben nicht.

„Äh hallo." Wahnsinn, wie laut und klar meine Stimme rüberkommt! „Also, äh, ich wollte mal 'ne Durchsage machen." Langsam werde ich sicherer. „Ich hab' nämlich vorhin an der Theke meine Geldbörse verloren, wo unter anderem meine ADAC-Karte drin war …" Weiß der Teufel, warum mir jetzt ausgerechnet meine ADAC-Karte einfällt. Doch jetzt gibt es kein Zurück mehr. „… Äh, und natürlich mein Ausweis und so. Wenn jemand von euch so 'ne schwarze …"

Weiter komme ich nicht. Zwei kräftige Männer packen mich an den Armen und zerren mich zum Bühnenrand. Sie stoßen mich unsanft die Bühnentreppe hinunter, und einer der Muskelpakete raunt mir ins Ohr: „Und komm bloß nicht noch mal auf die Idee, den Gig hier zu stören!"

Äh Scheiße. Das war ein Gig? Das soll Musik sein??!

„Das ist doch keine Musik!" brülle ich in Richtung der beiden Computerfuzzis, die – vermutlich komplett zugedröhnt – in ihre dilettantischen Soundexperimente versunken sind. Ich würde gerne gegen die Bühne pinkeln, aber leider verspüre ich keinen Harndrang. Also beschränke ich mich darauf, gegen das Bühnengerüst zu treten, und den Mittelfinger in die Höhe zu recken. „Musik! Ha!" Ich schaue mich verstohlen um, ob es irgendwo Zustimmung gibt. Aber das Publikum – wenn man die ca. 20 Leutchen so nennen kann – starrt mich nur mitleidig an.

Klar, dass die Truppe johlt, als ich zu den Biertischen zurückkehre. Ich komme mir vor wie ein Gladiator, auch wenn mein Kampf um die Geldbörse nicht von Erfolg gekrönt gewesen ist. Meier ist hingegen anderer Meinung: *Haben wir uns lächerlich gemacht? Ich denke schon.*

„Ey Fritz, mit der Nummer solltest du mal auf Tournee gehen", feixt Fred und knufft mich in die Seite, „vor allem, wie bist du denn auf die bescheuerte Idee mit der ADAC-Karte gekommen?"

„Eingebung." Ich nehme einen Schluck aus meinem Krug. Irgendwie hat das Bier heute Knochen. Es läuft nicht so runter wie sonst.

„Für mich hast du 'ne Vollmacke", sagt Pit, der sich noch immer seinen schmerzenden Brustkorb reibt.

Leck mich, Schnösel.

„Fritzi, soll ich dir noch ein Bier holen?" flötet mich Ina von der Seite an.

Ich habe gar nicht bemerkt, dass sie neben mir sitzt. Garantiert hat sie ein schlechtes Gewissen, weil von ihr ja die Idee mit der Bühne kam. Soll sie nur.

„Nee, lass mal", sage ich, „ich rauch' lieber noch einen. Gibt's noch was?"

Die Frage ist eher in die Runde gerichtet als an Ina. Doch die will ihren Fehler offenbar unbedingt wiedergutmachen.

„Klar, ich hab' Eins A Gras dabei!" antwortet sie hastig und langt in ihre Jeansjacke. Eines muss man Ina lassen: Mit ihren Spinnenfingern kann sie einfach göttliche Tüten rollen. So wie jetzt: Das Ding, das sie mir überreicht, ist mindestens zwanzig Zentimeter lang und sieht aus wie ein Zauberstab.

Hey. Das Zeug ist echt okay.

Während mein Hintern langsam zu Beton wird, frage ich Ina, woher das Gras kommt. Eigentlich war das eine rhetorische Frage, denn ich weiß schon die Antwort:

„Von Fred."

Alles klar. *Hatte es da nicht irgendwelche Vorsätze gegeben? Natürlich*, präzisiert Meier, *von wegen keine Joints mehr von Fred an diesem Abend.*

Ey, Mann, es ist viertel nach zwölf, grätscht Eddy ein, *demnach ist dieser Vorsatz juristisch gesehen von gestern. Und wie ich ja bereits vorhin sagte: Das Kommz hat seine eigenen Regeln …*

„Dröhnung bis zum Anschlag", murmele ich. Doch als mir das Ding wieder gereicht wird, lehne ich weise ab. Ich bin bedröhnt genug. Dummerweise kehrt jetzt ein altbekanntes Problem zurück: Kiffen trocknet die Schleimhäute aus, und diesmal sind meine Kontaktlinsen betroffen. Zusätzlich belastet durch eine viel zu lange Tragezeit, fühlen sich die Haftschalen an, als schrubbten sie über einen halben Sandstrand, der sich unter meinen Lidern befindet. Blinzeln hilft da nicht mehr viel. Da gibt's nur eins: raus damit, ablutschen und wieder rein. Ich beuge mich über den Tisch, was leichte Gleichgewichtsstörungen hervorruft, und ziehe mit dem Zeigefinger meinen rechten Augenwinkel nach außen. Pling! kullert die Kontaktlinse auf meine Handfläche. Ich stecke sie mir in den Mund, und gerade als ich die Linse wieder behutsam ausspucken will, haut mir jemand unsanft auf die Schulter.

„Fritz! Sie hier! Das nenn' ich aber 'ne Überraschung! Heute, das heißt gestern Abend, habe ich Ihnen erst aufs Band gesprochen."

Scheißescheißescheiße. Hugo Neppsteiner! Was will der denn hier? *Das kommt davon, wenn man sich Nachrichten vom Band nicht bis zum Ende anhört,* bemerkt Meier süffisant. Doch ich habe jetzt keinen Nerv für klugscheißerische Hirnhälften. Zunächst mal muss ich meine Kontaktlinse irgendwo im Mund parken.

„Hahahallo Herr Neppfteiner", stottere ich nuschelnd, während ich die Linse von einer Backentasche in die andere schiebe. „Waff machen Fie eigentliff hier?" Was Intelligenteres fällt mir ad hoc nicht ein.

„Ach wissen Sie, eine meiner Lieblingsbands hat heute Abend gespielt – die Dead Deads – und da fährt man schon mal ein paar Kilometer. Sie fanden das ja offenbar nicht so berauschend ..."

„Iff? Wiefo?" Ich stehe komplett neben mir, außerdem suche ich immer noch ein sicheres Plätzchen für meine Haftschale.

„Na, waren Sie das nicht, eben auf der Bühne?"

Ups! Ich bin schlagartig hellwach. Und spüre, wie meine Kontaktlinse die Speiseröhre hinunter karriolt.

„Ja. Wie fanden Sie mich?" frage ich lahm zurück.

Jetzt ist eh alles egal. Hugo Neppsteiner bleibt die Antwort schuldig. Er sieht mich gönnerhaft an, so, als wollte er sagen: Wir waren doch alle mal jung. Dieser blasierte Furz.

„Es ist nicht so, wie Sie denken ..." Ich muss die Situation retten. „Ich mach' da gerade ein Projekt mit Sprechgesang und Synthiemusik, und äh ... Übrigens, Anne ist auch hier!"

Ich verliere den Faden. Wo sind Eddy und Meier?! Hugo saugt am Strohhalm seiner Cola, um die peinliche Pause zu überspielen. Dann fasst er mich am Arm.

„Fritz, eigentlich hatte ich gehofft, Sie hier zu treffen. Können wir uns mal unterhalten? Dauert nur 'ne Minute."

Er zieht mich weg und ich habe gerade noch Zeit mir mein Bier zu schnappen. „Ich habe Ihnen doch neulich von diesem Projekt erzählt."

„Dem supergeheimen?"

„Genau." Hugo rückt näher an mich ran. „Das wird jetzt konkret. Sehr konkret. Also eigentlich ist es schon total dringend. Ich möchte Dienstagmorgen in Hongkong per Videoschalte präsentieren."

Äh.

„Tja, und da müssten wir unser vorher irgendwie zusammenknoten, Fritz. Arbeiten Sie auch sonntags?"

Äh.

Er schaut auf seine Rolex. „Sagen wir, so ab elf?"

Ich kneife ein Auge zusammen und linse auf meine

Swatch. „Na, da hab' ich ja noch über zehn Stunden Zeit." Aber hatte ich am Telefon nicht was von Montag gehört?

„Ich weiß, dass das hier nicht der ideale Platz für ein Briefing ist", sagt Neppsteiner, „aber ich dachte mir, Sie und ich … Wissen Sie, das Konzept steht schon, wir brauchen nur noch ein paar knackige Schlagwörter, die zeigen, wohin die Reise gehen soll."

„Okay, worum geht's?" frage ich und stecke mir eine Zigarette an. Ich bin es gewohnt, zu ungewöhnlichen Zeiten zu arbeiten. Und stoned.

„Also", sagt Hugo Neppsteiner gedehnt, „wir haben da ein Projekt für eine große Bank, die eine Kreditkarte für Jugendliche einführen will. Unser erster internationaler Etat."

„Wieso nehmen die keine Agentur aus Hongkong? Gibt doch genug da."

„Weil es um den deutschen Markt geht. Da wollen die eine deutsche Agentur. Und wir dürfen mitpitchen."

„Aha."

„Also", fährt Neppsteiner fort, „es dreht sich darum, den Kids zu sagen: Mit der Karte gehörst du dazu. Du bist der King, verstehen Sie?"

„Der King." Ich nehme einen langen Schluck aus meinem Krug. „Alles klar. Wie soll denn die Karte heißen?"

„Kong King Kard!" erwidert Neppsteiner mit glänzenden Augen. „Nicht King Kong sondern Kong King! Und nicht Card sondern Kard – mit K!"

Ganz offensichtlich ist der Name auf seinem Mist gewachsen. Er platzt fast vor Stolz.

Mein Gott, was für 'ne Scheiße! meldet sich Eddy, und

Meier ergänzt: *Wär' ich ein physisches Wesen, würde mir jetzt schlecht werden.* Aber ich habe, was Werbung betrifft, ein dickes Fell. Wer zahlt, hat Recht. Also antworte ich nur: „Kong King – nicht so schlecht."

„Das ist genial Fritz!" Hugo Neppsteiner redet sich in Fahrt. „Vor allem in Verbindung mit dem Visual …"

„Lassen Sie mich raten", unterbreche ich ihn, „es ist ein Gorilla."

„Woher wissen Sie das?" entgegnet Neppsteiner konsterniert. „Sie haben Recht. Aber es ist ein humanoider Gorilla …"

„… Mit 'ner Krone aufm Kopf", ergänze ich.

„Sagen Sie mal, haben Sie bei uns spioniert?" Neppsteiner starrt mich mit einer Mischung aus Bewunderung und Misstrauen an.

„Nee, is nur wegen dem King, da liegt so was nahe", antworte ich. *Ist der so blöd oder tut der nur so?*

„Ich wusste, Sie sind der richtige Mann dafür, Fritz. Ihre Assoziationsfähigkeit, ich muss schon sagen: Ress-peckt!" Er spuckt die Silben förmlich aus. Ich lächele müde. Und ich muss pinkeln.

„So, und jetzt brauchen wir diese Karte nur noch mit jugendlichen Inhalten aufzuladen…"

„Mit Kong bist du der King", schlage ich vor.

„Mensch Fritz, bleiben Sie doch mal ernst. Ich denke da an diese Hiphop-Kultur mit ihren Anglizismen. Sie wissen schon, wo man ganze Wörter durch Buchstaben ersetzt " statt You sagt man U und so weiter …"

Das hat doch Prince schon 1987 gemacht, wirft Eddy dazwischen.

„Also das finde ich total cool, da müsste man doch was machen können: Knackig, prägnant, mega-in!"

Meine Fresse, was hat der denn genommen?

„In ist, wer drin ist" sage ich und presse die Blase zusammen. „Nein", fällt mir ein, „das gibt's schon."

„Es müsste auch englisch sein", gibt Neppsteiner zurück, „aber vom Prinzip her ist der Satz nicht so schlecht. Obwohl man ihn auch sexistisch verstehen könnte ... hehe! Vielleicht sollten wir eine provokante Frage stellen, um auch die soziodemografische Komponente zu berücksichtigen ..."

„Ja. Wie wär's mit: Are you in?" sage ich, „haben Sie 'nen Notizblock?"

„Bist du drin " hm ..." sinniert Neppsteiner und reicht mir gedankenverloren Block und Stift. Ich kritzele vier große Buchstaben aufs Papier. Das Schreiben geht schwer, weil ich ein Auge zukneifen muss und nicht mehr der Nüchternste bin. Ich drehe den Block um, so dass Neppsteiner es lesen kann:

„R.U.IN?"

„Ja, R ist Are, U ist you, und IN – na ja ..." erkläre ich Hugo das System wie einem Erstklässler. „Are you in."

„R.U.IN? Ja, lesen Sie das doch mal!: Das heißt doch Ruin! Das ist nicht Ihr Ernst, oder? Wir reden hier von einer Kreditkarte, und ..." Neppsteiner schnappt nach Luft. „Also, das mag intelligent sein, aber ... das können wir nicht machen!"

„Man muss heute mutig sein", kontere ich. „Stellen Sie sich folgende Line vor:

R.U.IN? NO!

„Was sagt uns das? Erstens: Die Kong King Kard

ruiniert dich nicht. Zweitens: Wenn du die Kong King Kard nicht hast, bist du nicht drin im Club. Das heißt: Der Endfuzzi hat gar keine andere Wahl, als sich die Kong King Kard zu besorgen." Ich bedanke mich still bei Meier.

Aber Neppsteiner ist nicht überzeugt. Hasenfüßig murmelt er: „Also, ich weiß nicht ..."

„Warten Sie", mir fällt gerade was Geiles ein, andererseits muss ich aber mittlerweile tierisch pinkeln, „ich hab was Besseres. Aber dann muss ich erst mal für kleine Königstiger."

Ich reiße Neppsteiner den Block aus der Hand, schreibe meine neue Idee darauf und schiebe ihm den Block wieder hin. Dann verschwinde ich mit den Worten „You are in!" aufs Klo.

Zurück bleibt ein versteinerter Hugo Neppsteiner und ein Zettel mit der Aufschrift

U.R.IN.

Als ich von der Toilette zurückkomme, ist Hugo Neppsteiner spurlos verschwunden. *Vielleicht hat er deinen Spruch in den falschen Hals gekriegt*, rätselt Meier. *Genau*, meint Eddy, *gut möglich, dass er 'Verpiss dich' verstanden hat.* Ich schlendere zu den Biertischen, wo meine Leute gesessen hatten. Fehlanzeige. Sie sind offenbar alle gegangen. Sogar Anne. Das enttäuscht mich wirklich. Eigentlich hatte ich auf einen Versöhnungs-GV gehofft oder wenigstens ein bisschen Kuscheln. Darüber hinaus habe ich weder Kohle zum Weitertrinken noch für ein Taxi. Okay. *Gehen wir*, schlägt Meier vor. *Wir könnten auch trampen.*

Den linken Arm mit hochgerecktem Daumen im Wind, marschiere ich die Straße entlang. Es ist eine milde Nacht, und das Gehen macht irgendwie Spaß, auch wenn ich bei jedem fünften Schritt in den Straßengraben abrutsche.

Plötzlich höre ich einen LKW von hinten näherkommen. Das Brummen des Diesels wird lauter und lauter, dann höre ich Bremsen quietschen. Ein gellendes Hupen wirft mich beinahe in den Straßengraben. Ich drehe mich um und bin von gleißendem Scheinwerferlicht geblendet. Die Augen mit der Hand abschirmend, gehe ich zur Beifahrertür. Es ist ein quietschgelber Wagen. Auf der Tür steht in schwarzen Lettern „ADAC Straßenwacht". Na prima, so ein Zufall. Die Tür öffnet sich. Laute Hiphop-Musik und beißender Zigarettenqualm schlägt mir entgegen.

„Können Sie mich ein Stück mitnehmen?" brülle ich gegen die wummernden Bässe an.

„Klar, Fritz", antwortet der Fahrer und dreht die Musik runter. „Mensch, Karlo!" rufe ich, als ich den Typen erkenne. „Dich hätte ich hier am allerwenigsten erwartet!"

Natürlich will ich wissen, warum er ausgerechnet um diese Uhrzeit am Kommz-Gelände vorbeigekommen ist.

„Na, dann guck' mal, was ich hinten drauf hab'", lacht Karlo.

Ich drehe mich um und sehe doch tatsächlich Freds Pickup am Haken.

„Äh, das versteh ich nicht", murmele ich, aber Karlo klärt mich auf.

„Na ja, Fred konnte nicht mehr fahren, is ja klar, und

bevor er nachher wieder hierher marschieren muss, um den Wagen zu holen, hat er mich eben angerufen. Ich bring ihm das Ding jetzt direkt vor die Haustür. Zahlt alles der ADAC."

„Ach was, Fred hat 'ne ADAC-Karte?" Das verblüfft mich nun einigermaßen.

„Klar", lallt Fred von hinten, „hassu keine?"

8
Leichte Geburt.

Das Klingeln meines Handys reißt mich Sonntagmorgen um halb neun aus einem komatösen Tiefschlaf.

„Fritz! Na endlich!" Hugo Neppsteiner klingt sehr aufgeregt. „Ich habe mir das nochmal durch den Kopf gehen lassen, was Sie gestern gesagt haben."

Was war gestern? Wo war ich?

„Ich habe mit den Hongkong-Leuten telefoniert. Wir werden Montag zehn Uhr präsentieren. Wann können Sie hier sein?"

Hongkong? Stimmt, da war was. *Diese komische Kreditkarte mit dem Gorilla,* hilft mir Meier auf die Sprünge.

„Sie meinen wegen dieser Kong King Kard?" krächze ich ins Telefon. Ich brauche dringend einen Kaffee.

„Ja, wegen was denn sonst, Mann! Sie klingen reichlich verschlafen. Alles ok bei Ihnen?"

„Keine Sorge, mir geht's gut", antworte ich. „Muss nur kurz duschen, dann fahr' ich los."

„Je früher Sie hier sind, desto besser", sagt Hugo Neppsteiner und legt auf.

Arbeiten die immer so auf den letzten Drücker? Dann wär ich vorsichtig, mahnt Meier. Ich schalte die Kaffeemaschine an. Unterwegs zur Dusche checke ich mein Handy. Fünf Anrufe von Trixi, drei von Anne. Trixi muss warten, ich rufe Anne an. Es klingelt lange, bis sie rangeht.

„Guten Morgen, mein Lieber, ausgeschlafen?"

„Aufgehört. Wo warst du denn gestern Abend

plötzlich?" Ich bemühe mich, nicht allzu sauer zu klingen.

„Du bist verschwunden, und ich habe heute einen wichtigen Termin in der Agentur, da konnte ich gestern nicht so lange bleiben", entschuldigt sie sich. „Wir haben da einen Neukunden, internationaler Etat. Superwichtig. Zielgruppe junge Jugendliche. Mehr kann ich dir nicht sagen."

„Ich weiß. Hast du nicht mitbekommen, dass Hugo gestern auf dem Kommz war? Hab schon mein Briefing bekommen."

„Was? Hugo auf dem Kommz? Strange! Der Typ gibt mir immer wieder Rätsel auf. Aber egal, schön dass wir jetzt zusammenarbeiten. Das Ding ist aber ziemlich dringend. Morgen ist schon Präse. Das heißt heute Nacht …"

„Hä?"

„Wir präsentieren um 10 Uhr in Hongkong. Da ist es bei uns 4 Uhr nachts."

Na super. Damit ist dieser Abend mit Anne auch gelaufen.

Bei Neppsteiner & Partner angekommen, werde ich von einem schnöseligen, jungen Typen (arbeiten die alle sonntags?) in einen schnieken Besprechungsraum geführt. Die sehen immer irgendwie gleich aus, also die Besprechungsräume. Getränke in der Mitte vom Tisch, außenrum Stühle mit Metallgestell, die Kaffeebar zwängt sich an die Seite. Ich bin so frei und genehmige mir schon mal ein Fläschchen Mineralwasser. Es riecht nach Anne. Ich schaue mich um, und erst jetzt fällt mir der Sand auf dem Teppich auf. Überall sind sandige Fußabdrücke. Hugo meint es offenbar echt ernst. Die Tür fliegt auf, und Anne rauscht herein, wunderschön wie immer. Wir begrüßen uns stürmisch und hungrig. I'm on fire! Aber das muss jetzt warten.

„Morgen!"

Hugo Neppsteiner tritt auf den Plan, wie immer in Blaumann und Gummistiefeln. Er lässt sich ächzend in einen Stuhl fallen. „Eine Stadt zu bauen ist ganz schön anstrengend, aber ich habe große Fortschritte gemacht. Muss ich Ihnen nachher mal zeigen. Aber jetzt reden wir erstmal übers Geschäft. Anne, wären Sie so freundlich …"

Anne schiebt mir das Briefing zu und erzählt ein bisschen was über die Firma und den Hintergrund. Die Hygron Bank in Hongkong, ein Riesenunternehmen. Und auf dem Sprung nach Old Europe. Denn auch da gibt's viele konsumgeile Kids, die unbedingt eine eigene Kreditkarte brauchen.

„Zunächst geht's denen ja nur um eine grobe Idee", sagt Hugo, „ein Key Visual, ein Name. Beides haben wir ja schon. Aber die eigentliche Vermarktung, die fehlt ja noch, das haben die noch gar nicht beauftragt – obwohl sie uns schon ein Riesenbriefing geschickt haben. Also, ich denke mal, die wollen uns testen, ob wir gut genug sind. Ob das Visual und der Name knallt. Ich dachte mir, dass wir vorab auf jeden Fall einen Bonus anbieten sollten. Einen TV-Spot. Das macht die Sache rund, wir zeigen, dass wir kampagnenfähig sind – und bei dem Thema drängt sich ein Spot doch geradezu auf. Oder Fritz, was meinen Sie?"

„Wir hatten doch gestern Abend auf dem Kommz eine andere Basis?" antworte ich.

Neppsteiner lacht. „Ach das! War echt gut! Hehe. Kommen Sie, das war doch nicht Ihr Ernst, oder? So ein Quatsch? Nein, das können wir nicht machen. R.U.IN! – U.R.IN" – jetzt brüllt er vor Lachen.

„Urin?" fragt Anne, „was ist das? Könnt ihr mich mal einweihen?"

Ich erzähle ihr kurz meine Idee, beziehungsweise, was ich noch davon behalten habe. Ein bisschen verletzt bin ich schon, dass Neppsteiner die Idee so in den Dreck zieht. Ich finde sie nämlich immer noch gut. Aber Anne ist auch nicht begeistert.

„Wir sind hier nicht in Großbritannien", sagt sie, „da kann man so was machen. Hier fehlt den Leuten der Humor dafür. Stell dir vor, nur ein paar sprechen das nicht so aus, wie wir das wollen und sagen echt „Urin" zu der Karte. Urin von Kong King oder so. Das darf nicht passieren."

„Auf jeden Fall brauchen wir eine Konzeptline. Oder 'nen Claim, wenn Sie so wollen", antworte ich. Und merke, wie Eddy auf Touren kommt.

„Ja natürlich." Hugo rupft sich seinen gelben Bauhelm vom Kopf und legt ihn auf den Besprechungstisch. Sandkörner rieseln herunter und verteilen sich auf der glattpolierten Tischplatte. Wieso braucht der eigentlich einen Helm? Im Sandkasten?

„Ein Claim macht den Deckel drauf", sagt er.

„… Und zeigt, wo die Reise hingeht", ergänze ich.

„Ok Fritz, kriegen Sie das heute noch hin?"

Wir könnten doch was mit dem K machen. So 'ne Allliteration.

„Kong King Kard. Kooler kaufen." Sprudelt es aus mir heraus. Danke Eddy.

„Was haben Sie gesagt?" Hugo klingt elektrisiert.

„Kong King Kard. Kooler kaufen."

„Alles mit K – das ist gut! Das ist sehr gut!" ruft Hugo.

„Ja. Alliteration. Und ausbaufähig", ergänze ich, „Kiste kaufen? Kong King Kard."

„Oder Kacke kaufen", sagt Anne sarkastisch.

„Finde ich super, machen wir!" Neppsteiner ist glücklich. „Mann, das ging ja schnell. Ich wusste schon, wenn Anne mir jemanden empfiehlt …"

Stimmt, da muss ich noch mit ihr drüber reden. Später. Jetzt muss ich aber erstmal was klarstellen, Leute: Nicht, dass hier der Eindruck entsteht, wir Werbefuzzis würden mit flotten Sprüchen nur so um uns werfen. Zwei Stunden Arbeit und der Rest des Tages Champagner. Oder Koks. Oder beides. Leute, das ist harte Arbeit! Was hier gerade passiert, dass das so schnell über die Bühne geht, ohne Widerspruch, ohne Gezeter und Rumgeiere: das gibt's nur im Film. Normalerweise dauert das Tage. Oder Wochen. Die Geschichte hier: der Idealfall. Wär ja auch zu schön.

Neppsteiner lehnt sich zurück. „Wie läuft der Film dazu?"

Kreativität am Fließband, Mann, Mann, Mann. Ich habe gern länger Zeit für solche Sachen. Aber ich habe das Gefühl, dass alle im Raum jetzt von mir erwarten, zwei drei Filmideen aus dem Ärmel zu schütteln. Anne guckt mich schon fragend an. Es ist still.

„Na ja", sage ich schließlich, „der Klassiker wär ja, wenn der King Kong, sorry: Kong King, nachdem er mit seiner Kreditkarte geblecht hat, sich die – natürlich blonde – Kassiererin greift und auf den Frankfurter Messeturm klettert."

„Mann, Fritz, du bist echt alt, glaubst du, die Kids kennen noch die Story von King Kong? Die ist Jahrzehnte alt. Da kannst du genauso gut mit Godzilla kommen," meint Anne.

„Ach Godzilla", schwärmt Neppsteiner, „das war noch ein Monster!"

„Vielleicht ist der Kong King ja auch ganz klein – quasi als Gegenteil zum King Kong – und wohnt im Geldbeutel."

„Fritz, jetzt bleiben Sie mal ernst!"

Nein, überhaupt nicht! „Und wenn der kleine Kong King immer dann zur Riesengröße wächst, wenn die Karte aus dem Geldbeutel gezogen wird? Bäm!" sage ich triumphierend, weil ich weiß: Das isses!

„Die Karte vielleicht noch mit 'nem Soundchip versehen, damit sie brüllt, wenn man sie rauszieht."

„Not so bad." Aber Hugo ist noch nicht überzeugt. „Und wie geht's weiter? Ich meine, was ist der Sinn davon, dass dieser Gorilla aus dem Geldbeutel springt?"

„Warum brauchen wir einen Sinn?" antworte ich, „wir sind in der Werbung! Insofern reicht es doch, wenn sich der Gorilla, was weiß ich, auf das Warenlaufband stützt, das dann – zum Beispiel – zusammenbricht, ihm ist es peinlich, Kassiererin lächelt gequält. Schnitt. Kong King Kard. Kooler kaufen. Ende. Ist lustig und kurz. Kriegen wir locker in 20 Sekunden hin."

„Hm, dem Gorilla passiert immer irgendwas, der Typ ist tölpelhaft und kommt slapstickmäßig rüber: Warum nicht? Neue Interpretation. Das macht ihn sympathisch und lässt ihn nicht mehr wie ein Monster erscheinen." Hugo reibt sich die Hände. „Könnte sogar kampagnenfähig sein. Wenn's das Budget hergibt."

Der Boss ist zufrieden, das Gerüst steht. Eine leichte Geburt.

„Gut Fritz, dann schreiben Sie das Konzept mal runter und machen ein kleines Treatment", sagt Neppsteiner. „Aber nur die Geschichte mit dem Geldbeutel, 'ne fertige Filmidee brauchen wir noch nicht. Die sollen erstmal anbeißen. Und natürlich ein paar warme Worte für die Herleitung von Kong King und dem Visual, blabla. Die Basics hab' ich schon geschrieben. Kriegen Sie das in Englisch hin?" Ohne meine Antwort abzuwarten, fährt er fort: „Anne, Sie machen die Strategie und kalkulieren mal das Budget, das wir brauchen würden, sagen wir, drei TV-Spots plus flankierende Maßnahmen für Social Media und ein paar Anzeigen in Jugendzeitschriften und so weiter. Sie wissen schon. An die Arbeit!"

Dann verschwindet er wieder in sein Büro.

Es ist früher Abend, als wir fertig sind. Wir gehen das Ganze nochmal mit Hugo durch und machen hier da ein paar Korrekturen. Hugo ist sehr zufrieden.

„Das wird was, ich spür's", murmelt er mehr zu sich selbst. Dann schaut er auf seine Uhr und sagt zu Anne: „Sie gehen jetzt ins Bett. Um halb vier morgen früh sehen wir uns wieder. Hongkong ruft! Sie brauche ich nicht, Fritz."

Ein Danke wäre angebracht, mosert Meier, aber ich bin euphorisch. Wenn Anne ins Bett geht, gehe ich natürlich mit! Aber wieder auf dem Wasserbett? No way!

Als wir die Agentur verlassen, sage ich zu Anne: „Du kannst auch gerne bei mir schlafen."

„Wieso? Ich schlafe gut in meinem Bett."

„Ja, aber du könntest ja auch mal bei mir übernachten."

„Warum sollte ich?"

Diese Aussage sollte mir zu denken geben. Aber ich bleibe sachlich.

„Ich mein ja nur, wegen dem Wasserbett."

„Was ist mit dem Wasserbett?"

„Na, weil ich doch letztes Mal …"

„Ach so", lacht sie, und gibt mir einen Kuss, „keine Sorge, heute Nacht wirst du nicht seekrank. Weil ich nämlich alleine schlafe."

So war das nicht gedacht.

„Ja, aber stell dir vor, du verpennst. Oder du kannst erst gar nicht einschlafen. Oder du träumst schlecht. Oder du hast plötzlich Lust auf Sex und niemand …"

Keine Chance. Anne stellt sich stur.

Na toll.

Als ich frustriert nach Hause komme, sehe ich Trixis BMW vor dem Haus stehen. Sie wartet vor meiner Tür. Schicksal? Fügung? Oder einfach nur Pech? *Sieh's mal so,* höre ich Eddy, *wenn du auf dem Kommz nicht aufgetaucht wärst, hätte Anne sicher was mit diesem Pit angefangen. Auge um Auge. Außerdem ist das hier Kundenpflege.* Da hat er auch wieder Recht.

Also sage ich erfreut: „Trixi, du hier! Komm doch rein!"

Ich bin doch ein Schwein.

Trixi schaut mich vorwurfsvoll an. „Ich hab dich xmal angerufen. Wieso rufst du nicht zurück?"

„Sorry, ich hatte viel um die Ohren", antworte ich unglaubwürdig, während ich sie um die Hüften fasse und an mich heranziehe. Es dauert nicht lange, und wir liegen im Bett. Obwohl, ich kein gutes Gefühl dabei habe. Ich rede mir ein, dass ich es für meinen Job tue. Anne, verzeih mir.

Später, bei der klassischen Zigarette danach, erzähle ich Trixi von meiner Modelwahl.

„Dein Vater? Der macht das? Weiß er, wofür er Model steht?"

„Ich hab ihm erzählt, dass es für 'nen sozialen Zweck ist. Irgendwie ist es ja auch sozial."

Trixi kichert. „Hoffentlich erzählt ihm keiner, worum es wirklich geht."

„Das klappt schon", antworte ich. „Er nimmt übrigens hundertfünfzig."

„Geht in Ordnung."

9
Gewonnen!

Ich schlafe nicht gut in dieser Nacht, teils, weil ich ein schlechtes Gewissen Anne gegenüber habe, teils, weil ich es nicht erwarten kann, das Ergebnis der nächtlichen Präsentation zu erfahren. *Na endlich,* funkt meine rechte Gehirnhälfte, als der Wecker klingelt. Noch bevor ich die Kaffeemaschine einschalte, rufe ich Anne an. Sie meldet sich nicht. Wahrscheinlich hat sie sich nochmal aufs Ohr gelegt. Doch kaum habe ich auf den roten Hörer getippt, klingelt mein Handy.

„Fritz! Wir haben den Job! Die anderen sind aus dem Rennen", brüllt Hugo Neppsteiner aus dem Hörer. „Die Hygron-Leute sind total ausgeflippt!"

Bingo! Das geht mir unter wie Öl.

„Na gut", fährt Neppsteiner fort, „den Film muss der Deutschlandchef erst noch abnicken. Aber generell finden sie einen TV-Spot gut."

„Deutschlandchef? Wieso habt ihr dann per Video in Hongkong präsentiert?"

„Weil der Typ erst morgen anfängt", erwidert Hugo. „Die haben offenbar erst vor ein paar Wochen entschieden, das Deutschlandgeschäft aufzubauen und jetzt muss alles ganz schnell gehen. Offenbar gibt's da einen Konkurrenten, der Ähnliches vorhat. Es gibt noch nicht mal ein Büro hier im Land. Das Ganze ist mit ziemlich heißer Nadel gestrickt. Den Typen treffen wir nächste Woche in einem Hotel in Sachsenhausen. Es gibt natürlich ein paar Vorgaben, war ja klar. Kriegen wir aber alles hin. Und es wird auch nur einen TV-Spot geben, das ist auch klar. Und der Gorilla soll

… äh … blau sein, egal wie der Film geht."

„Betrunken? Oder farbig?"

„Machen Sie keine Witze, Fritz. Blau ist die Companyfarbe der Bank. Den genauen Farbton kriegen wir noch."

„Egal, Hauptsache, wir sind dabei", antworte ich.

Frohgemut bereite ich mein Frühstück zu. Ich bin reich! Also zumindest so reich, dass ich mir die nächsten drei Monate keine Gedanken über die Kohle machen muss. Ich kann den Motor und die Klimaanlage reparieren lassen. Und den Kratzer in der Fahrertür. Mir doch egal, ob der Scheißgorilla blau ist. Hat keinen Einfluss auf die Idee. Es wird viele Meetings geben, an denen ich – bezahlt – dabei sein werde. Der Dreh dauert auch ein paar Tage, dann ins Studio … Da kommen ein paar schöne Tagessätze zusammen. Plötzlich bin ich so entspannt, dass ich furzen muss. Ich werde Anne heute Abend zum Essen einladen, bisschen feiern.

Gegen Nachmittag erreiche ich Anne endlich. Sie ist schon wieder unterwegs gewesen für irgendeinen anderen wichtigen Kunden.

„Ins Goldene Rind? Jetzt lässt du's aber krachen."

Ich habe für 20 Uhr im Goldenen Rind einen Tisch reserviert. Wieso hab ich plötzlich diese Blähungen? Ich könnte ständig furzen und tue es auch. Ein Vorteil des Freelancers im Homeoffice.

Das Goldene Rind ist eines der besten Restaurants der Stadt. Und ausgebucht. Ich parke den Benz zwei Straßen weiter, damit ich auf dem Weg nochmal ausgiebig furzen kann. Ab jetzt muss ich die Blähungen bei mir behalten. Wird nicht einfach. Ich habe meine braunen Halbschuhe mit der feinen Ledersohle an und mir sogar ein Sakko angezogen.

Anne wartet schon am Eingang und ist betörend schön in ihrem kleinen Schwarzen. Wir schreiten lautlos die beteppichten drei Stufen zum Empfang hoch. Der Kellner geht voran.

„Deine rechter Schnürsenkel ist offen", murmelt mir Anne zu, als wir durch den hochflorigen Teppich waten.

Im gleichen Augenblick trete ich auf das offene Ende. Meine Beine verknoten sich und ich knalle der Länge nach und ziemlich schnell auf den Boden. Ein langgezogener, hässlich plärrender Furz entweicht meinem Hintern. Das beifällige Gemurmel der Gäste verstummt. Mein Darm hat die Gelegenheit ergriffen, um die unterdrückten Winde mit Karacho loszuwerden. Kann man ihm nicht verdenken. Trotzdem: Wie peinlich. Furzen im Restaurant! Ich schäme mich und möchte mich im Teppich auflösen. Wie ich so daliege und meine Situation überdenke, entdecke ich eine silberne Münze im roten Teppichflor. Zwei Euro. Sie liegt direkt vor meiner Nase. Ich schiebe meinen linken Arm nach vorne und tu so, als ob ich mich abstützen würde, und – zack – werde ich mir die Münze schnappen. Die kleine Entschädigung hab ich mir verdient. Ich bin mit den Fingern schon fast dran, als ein blankgewienerter schwarzer Herrenschuh die Münze unter sich begräbt.

„Entschuldigung, das ist meiner", sagt der Kellner in einem nicht zu überhörenden, abschätzigen Ton.

Langsam rappele ich mich wieder auf. Ich spüre die

missbilligenden Blicke auf mir. Dabei riecht der Furz gar nicht.

„Geht's wieder?" heuchelt der Garçon jetzt Anteilnahme. Arschloch.

Ich klopfe mir sinnloserweise die Knie ab, als wären sie schmutzig geworden, aber ich habe das Gefühl, ich müsste irgendetwas tun. Den Schnürsenkel wieder zuzubinden, traue ich mich nicht. *Scheiß drauf, passiert ist passiert.* Genau dasselbe flüstert mir jetzt auch Anne zu, obwohl ich sehe, dass sie das Lachen nur mühsam zurückhält. Mir ist die Sache furchtbar peinlich. Aber meine Blähungen sind jetzt wie weggeblasen.

Das billigste Gericht auf der Karte kostet achtzehnachtzig, aber von einem Salat werde ich nicht satt. Ich habe hundert Mäuse einstecken, das muss reichen, inklusive Champagner. *Iss was Leichtes, dann kannst du hinterher besser vögeln,* rät Eddy. Sind Ochsenbäckchen leicht? Die wollte ich schon immer mal probieren. Kosten fünfundzwanzigneunzig. Aber zuerst brauch' ich ein Bier.

„Übrigens, du hast mich zwar eingeladen, aber zahlen tu' ich", sagt Anne da plötzlich, und meine Sparfantasien im Luxusrestaurant lösen sich in Wohlgefallen auf. „Ist schließlich ein Kundenmeeting." Sie strahlt mich wieder so an. „Die Präse heute Nacht war einfach unglaublich. Ich hab selten so gelacht. Also innerlich. Diese Leute von der Bank sind einfach so was von anders unterwegs."

„Und da haben die unsere Idee einfach so gekauft?"

„Die waren total aus dem Häuschen, weil denen in ihren Buchhalterhirnen so ein Name nicht im Traum eingefallen wäre. Die anderen, die nach uns präsentiert haben, waren da wahrscheinlich konservativer. Die wollen einen progressiven Auftritt, das ist klasse."

„Und der Claim?" frage ich. Mein Werk.

„Den fanden sie auch gut. Einer von den Chinaboys konnte ganz gut Deutsch, der hat's übersetzt."

Gut ist mir eigentlich zu wenig, aber egal.

„Ja, und als Hugo den Film vortanzte, da sind die komplett ausgetickt. Also ich meine, echt ausgetickt. War mir fast ein bisschen unheimlich. Zum Glück hat er nicht erzählt, dass er Hongkong im Sandkasten nachgebaut hat. Dann wären die wahrscheinlich komplett durchgedreht."

Der Ober ist, wie gesagt, ein Arschloch, der mir meinen Fauxpas nicht verzeiht. Das spüre ich an der Art, wie er auf mich herabsieht, obwohl er ziemlich klein ist. Na ja, er steht halt und ich sitze. Außerdem hat er Mundgeruch, wahrscheinlich, weil er keine Zeit zum Essen hat und ständig Leute bedienen muss. Die manchmal furzen wie ich.

Eigentlich wissen wir schon, was wir essen (ich die Ochsenbäckchen für achtzehnachtzig und Anne eine vegane Komposition aus Pfifferlingen und Rote Bete an Chinakohl (dreiundzwanzigfünfzig)) und trinken wollen, und eigentlich wollte ich auch gleich alles zusammen bestellen. Aber der Typ nervt. In seinem höflichen Geschwafel hat er einen arroganten Unterton, den man nicht überhören kann. Wer im Restaurant furzt, hat es nicht verdient, hier zu sein. *Du musst ihm zeigen, dass du hier der Chef bist.* Eben. Deshalb bestelle ich erstmal nur Wasser für Anne und ein Bier für mich. Den Champagner bestelle ich, wenn er wiederkommt. Und das Essen, wenn er den Champagner bringt. Soll er ruhig ein paar Mal laufen.

Beim Essen erzählt mir Anne, dass Hugo mich für die nächsten drei Monate fest buchen will. Ein warmer Schauer durchläuft meinen Körper. Obwohl ich mir das schon genauso gedacht hatte, hab ich es jetzt von offizieller Seite, das zählt. Und zahlt. Wir stoßen an – und so wie Anne mich ansieht, weiß ich, dass der Abend heute noch sehr schön wird. Sie ruft den Kellner und ich murmele ihr zu „Gib dem kein Trinkgeld."

Ich merke, dass ich bei der Rechnung überfordert gewesen wäre. Noch. Bald werde ich reich sein. Na ja, vielleicht nicht reich, aber wohlhabend. Also nicht so wohlhabend, dass ich mir einen Porsche leisten könnte. Mehr so in dem Sinne, dass es mir gut geht und ich nicht mehr jeden Scheißjob annehmen muss. Wie diesen Penispumpenjob.

„Lass uns nochmal im Blech vorbeischauen", sagt Anne, als wir aus dem Goldenen Rind treten (mit gebundenem Schnürsenkel), „vielleicht sind ja ein paar unserer Leute da."

Mir schwant Böses jammert Meier, aber Eddy ist natürlich sofort dabei. *Quatsch, heute wird gefeiert und gevögelt. Und morgen ist frei.*

„Klar", sage ich.

Wir lassen den Benz stehen und laufen. Das Erlebnis in unserer Kennenlernnacht war zwar lustig, schreit aber nicht nach Wiederholung. Aber auch heute Nacht tut die frische Luft gut. Ich bin beschwingt und erzähle Anne Witze am laufenden Band. Ich hab nämlich gemerkt, dass Anne meine Witze schnell wieder vergisst. So viele muss ich also gar nicht auf Lager haben. Anne lacht immer.

Tatsächlich gibt's im Blech Gesellschaft. Nieno und Hansi hängen an der Bar herum, und wie sie aussehen, schon etwas länger. Der Laden ist ziemlich voll, wie immer knallt Achtzigermusik aus den Boxen. Zwei der Downlights sind kaputt, genau da, wo die beiden stehen. Nieno hat uns trotzdem sofort entdeckt und winkt.

„Hey, was geht ab?"

„Gibt was zu feiern", schreie ich, „ich lad' euch ein."

„Was feiern wir denn?" schreit Nieno zurück.

Aber bevor ich antworten kann, widmet er sich erstmal Anne. Er küsst sie herzhaft, eine Art, die ich schon immer scheiße fand. Irgendwie besitzergreifend.

Hansi kommt zu mir rüber. „Hey Fritz, alles klar?"

Er boxt mich schmerzhaft in den Oberarm. Der kleine Hansi. Mit der Nickelbrille von der Bundeswehr, obwohl er da nie war. Offenbar hat er nur zwei T-Shirts, ich habe ihn jedenfalls noch nie mit einem anderen gesehen. Heute hat er das Gestreifte aus Frottee an, das aussieht wie ein Handtuch. Durch die Hose hat er sich einen Spanngummi gezogen. Der Hansi. *So sparsam wie der ist, hat er im Alter ein fettes Polster.* Dazu muss man aber erst mal alt werden.

„Wir haben 'nen Pitch gewonnen", sage ich zu Hansi. Karl hat schon einen Sekt für Anne und drei Bier auf den Tresen gestellt.

„Okay, und was ist jetzt ein Pitch?" fragt Hansi als wir anstoßen.

„Eine Wettbewerbspräsentation", antworte ich, „der

Kunde hat sich für uns entschieden."

„Schön für euch."

Nieno sieht heute aus wie ein Rockstar auf Entzug. Er müsste sich wieder mal die Haare schneiden lassen – und waschen könnte er sie auch mal. Den Frauen scheint das egal zu sein, dem laufen sie nach wie nix. Aber Anne ist standhaft. Sie kommt zu mir rüber und küsst mich.

„Um was für 'ne Scheiße geht's denn diesmal?" Nieno ist kein Freund der Werbung, ebenso wie Hansi.

„Darüber dürfen wir nicht reden", erklärt Anne, „streng geheim."

„Komm ey, wem sollen wir denn was über euren 'Pitch' erzählen. Sag schon, worum geht's?" drängt Nieno, „Windeln? Bier? Schokolade? Winterreifen? Oder Wandfarbe?"

„Kreditkarten", sage ich, während Anne mich böse von der Seite anstarrt, „für Kids. Aber bevor du mir jetzt wieder mit deinem Konsumkritikgelaber kommst: Ja, das ist scheiße und ja, das ist unmoralisch. Aber ich krieg Geld dafür, ich lebe davon. Diesen Grad der Unmoral nehm' ich in Kauf. Die Kids können sich mit der Kreditkarte ja auch Bücher kaufen oder so."

Nicht sehr stark, die Verteidigung, genaugenommen komplett dilettantisch. Und zynisch dazu. Hättste mal besser mich rangelassen, ätzt Meier.

„Na ja, das Ganze ist ja auch ziemlich harmlos."

Anne hat ihr Glas Sekt schon runtergekippt und schwingt es in Karls Richtung.

„Die Kids kriegen von den Eltern ein Budget aufs Konto, das sie verballern können."

„Mir ist neulich auch eine echt gute Idee für 'nen beknackten Werbespot gekommen", meint Hansi.

„Ich bin vor ein paar Wochen geblitzt worden. Und in dem Moment, als der rote Blitz mir ins Antlitz geflasht ist, hab ich tierisch über einen Witz im Radio lachen müssen. Wie der Brief kam, dachte ich mir, das Bild ist echt lustig geworden. Teuer halt. Jedenfalls hab ich mir gedacht: Stell dir vor, du bist 'ne Geburtsklinik und hast neu aufgemacht. Und als Werbung machst du ein Blitzerfoto von einem lachenden Autofahrer – ein glücklicher Vater auf dem Weg in die Klinik. Wie geil ist das denn?"

„Not bad", antworte ich, obwohl ich es fast ein bisschen old-school finde. Welcher Vater ist heute nicht bei der Geburt dabei? Aber die Idee, was mit Blitzerfotos zu machen, hat was.

„Jedenfalls, wenn ihr mal 'ne Geburtsklinik als Kunden habt", sagt Hansi (was vermutlich nie passieren wird) „dann denkst du an mich."

„Klar."

„Hey, das mein ich ernst!" Hansi macht große Augen und nimmt einen großen Schluck von seinem Bier. „Ich hab nämlich auch ein bisschen Ahnung.

Ich äußere Überraschung. „Du? Du weißt ja nicht mal, was ein Pitch ist."

„Na ja", sagt Hansi, „ich interessiere mich mehr so für die soziale Seite der Werbung…"

Da schiebt Stromi seinen massigen Körper zwischen uns.

„Ich finde Werbung scheiße", sagt er, „Manipulationsscheiße. Macht doch mal ehrliche Werbung."

Trixi reloaded. „Ehrliche Werbung gibt's nicht, sage

ich, „weil das Prinzip der Werbung immer auf Über-
höhung basiert. Du willst dich besser machen als der
Rest. Mit Ehrlichkeit kommst du da nicht weit."

„Man müsste 'ne Werbung machen, die auf reinen
Fakten basiert", sagt Nieno.

„Dann bin ich arbeitslos. Denn letzten Endes läuft
das auf Datenblätter raus. Stell dir vor: Nix Buntes
mehr! Nee, Werbung wär dann tot."

„Wieso, Bilder kann man doch zeigen."

„Ja klar, aber wenn du ein Foto machst, willst du
das Objekt ja immer im besten Licht zeigen. Das ist ja
auch schon wieder manipulativ."

„Dann muss man eben Richtlinien entwickeln", sagt
Stromi, „wie ein Foto zu sein hat."

Stromi und Richtlinien. Die Wartungsrichtlinien
seiner V-Strom scheinen ihn kalt zu lassen, wenn ich
mir das Moped so angucke. Kette seit Jahren nicht
mehr geschmiert, die Gabel ölig, das Windschild noch
nie (!) vom Fliegenschiss befreit, ja, und Wasser sieht
die Suzuki nur, wenn's regnet. Allerdings fährt Stromi
nicht bei Regen.

Dankenswerterweise hat Nieno einen Joint dabei,
eine Tatsache, die unsere überflüssige Diskussion be-
endet. Dachte ich. Wir gehen in Karls Hinterhof. Ich
bin froh, den Benz in Sicherheit zu wissen. Wir rauchen die Tüte zwischen Alufässern und Bierbänken.
Anne schmiegt sich an mich, ich fühle mich rundum
gut.

„Also wegen dem Sozialen", fängt Hansi wieder an,
„ich hab da eine Theorie entwickelt."

„Für was? Für soziale Werbung?"

„Für ehrliche Werbung."

Der Joint macht sich in wohligen Wellen in meinem Körper breit. Die Welt ist meine Freundin. Jetzt noch ein Lagerfeuer … Mehr aus Höflichkeit frage ich nach: „Und was ist das für eine Theorie?"

„Stell dir vor", sagt Hansi „du zeigst die Leute nicht perfekt gestylt, sondern so, wie sie im richtigen Leben sind. Unrasiert, mit Pickeln und so. Und die würden genauso ehrlich für Produkte werben. So in der Art: 'Ok, schmeckt auch nicht besser als andere. Aber mir gefällt die Packung'."

„Denn das Auge isst mit" fällt mir dazu ein.

„Aber stell dir mal vor", sagt Nieno, „das wird immer aggressiver und das Ganze läuft aus dem Ruder."

„Genau, die Konzerne geben dann richtig Gas und zeigen ihr wahres Gesicht! Nach dem Motto: Wir geben unser Geld lieber für fette Gehälter aus, statt für Qualität", kräht Hansi.

„Echt apokalyptisch", sage ich. „Die Marken machen sich immer mehr runter und zerstören ihr Image. Bloß weil sie glauben, so authentischer zu sein."

Eddy und das THC jagen mir immer wildere Szenarien durch den Kopf. Mir fällt die Penispumpenkampagne ein.

„Authentizität!" wieso schreie ich eigentlich? „Stell dir vor, der Geschäftsführer des Herstellers von Penispumpen …"

„Äh was?" schreit Hansi, „wie kommst du denn auf so 'nen Kram?"

„Weil ich grade für so einen arbeite."

„Wart mal", sagt Hansi, „du machst Werbung für Penispumpen? Dir ist ja nix heilig."

„Ich muss Geld verdienen. … Also stell dir vor, der

Geschäftsführer des Herstellers von Penispumpen geht ins Puff!"

„Damit er die Wirksamkeit von dem Teil demonstrieren kann?" johlt Nieno.

„Genau!" Hansi ist voll im Thema. „Natürlich begleitet von der Boulevardpresse!"

„Jedenfalls vollkommen dekadent" sage ich.

„Und dann, dann ändert sich das Kundenverhalten wieder", sagt Stromi (und der muss es wissen, weil der Volkswirtschaft studiert hat), „am Anfang haben sich alle auf die schlechtgemachten Produkte gestürzt. Irgendwann sind alle Produkte schlecht, sodass es keine Unterschiede mehr gibt. Interessante Theorie, müsste man mal weiterspinnen."

„Ja", sagt Hansi, „dann kaufen die Menschen weniger, weil nichts mehr appetitlich präsentiert wird, und essen in Folge auch weniger. Die Nation nimmt ab. Mediziner sind natürlich voll happy. Aber die Wirtschaft kackt ab."

„Ein Grundelement des Kapitalismus, die Weckung von Bedürfnissen, ist nicht mehr da." Messerscharfe Schlussfolgerung, dank Meier.

„Stell dir das mal vor", antwortet Hansi.

„Vergiss es."

Wenn ich Annes Drängen nicht missdeute, ist sie mir heute äußerst wohlgesonnen. Tonight's the night! Anne?

Wir schleppen Anne in den „Gastraum" und dann in die Küche. Dort legt Karl ein paar Handtücher auf den Boden (wegen des Fetts) und stellt einen Pommeskarton hin, auf den wir Annes Beine legen.

„Lassen Sie mich durch, ich bin Arzt", tönt Nieno,

und dabei hat er nicht mal unrecht. Er geht in die Hocke, wobei er peinlichst darauf achtet, nicht mit dem fettigen Boden in Berührung zu kommen.

„Ganz klar, Kreislauf," stellt er fest, obwohl er Anne nur ein paar Sekunden untersucht hat.

Auf die Diagnose wär' ich auch gekommen.

„Das war wieder Zeug von Fred, oder?" frage ich Nieno.

„Na und, soll ich jetzt ein schlechtes Gewissen haben?" gibt er gereizt zurück.

Wogen glätten. Karl verschwindet und kommt mit vier Gläsern Bier zurück. „Wenn wir schon hier alle Totenwache halten, können wir wenigstens was trinken dabei."

Stimmt. Ich hab Durst, und was für einen! Mein Mund ist vom Kiffen knochentrocken. Wir stehen um Anne herum, wie um ein überfahrenes Verkehrsopfer. Dabei ist sie ja bloß ohnmächtig.

„Auf die Drogen", sagt Hansi plötzlich und lässt sein Glas zu mir herüberschweben. Wir stoßen an, wobei ein ordentlicher Schaumklecks aus meinem Glas schwappt und – splash! – auf Anne hübschem, aber schneeweißen Gesicht landet. Der Kontrast zum Schaum des Bieres ist gar nicht mal so groß. Sie schreckt hoch, prustet und schlägt die Augen auf.

„Geht doch", meint Hansi.

Anne starrt verwirrt zu uns hoch. „Was war das denn?" lallt sie.

„Alles gut", antworte ich und wische ihr mit einem Papiertaschentuch das Gesicht trocken.

„Ich will nach Hause. Bringst du mich nach Hause?"

Im Taxi pennt Anne wieder weg. Sie ist ganz offensichtlich ziemlich stoned. Es ist nicht einfach, sie in ihre Wohnung im zweiten Stock zu bugsieren. Und es ist auch nicht befriedigend, sie schlafend ins Bett zu legen. Wo sie weiterpennt. Aber nicht mit mir. Dabei hatten wir uns doch berechtigte Hoffnungen gemacht. Das Leben ist hart.

10
A gorilla is born.

Natürlich habe ich in meiner Euphorie über den gewonnenen Pitch und meine Quasi-Festanstellung bei
Neppsteiner ganz vergessen – beziehungsweise ver-
drängt – dass ich ja noch einen anderen Job habe: die
Penispumpenkampagne. Als mich Trixi anruft, bin ich
gerade mit Anne im Auto nach Frankfurt unterwegs.

„Ich finde die Idee mit dem tapsigen Gorilla immer noch gut", sage ich zu Anne, „das macht ihn
menschlich. Vielleicht sollte ich etwas Retro-Charme
reinbringen und ihn eine aufgeschichtete Pyramide
mit Konservendosen umschmeißen lassen – so wie in
diesen Sechzigerjahre-Supermärkten der Amis. Nur so
eine Idee …"

Ich bin so in Fahrt, dass ich das Bimmeln meines
Handys erst gar nicht bemerke.

„Hallo Fritz", säuselt Trixi, „ich hab Neuigkeiten.
Die Penispumpe kommt jetzt ganz groß raus. Jackson
& Jackson wollen noch viel mehr machen!"

Ich bin total überrumpelt und stammele „Äh hallo!
Ich bin grade mit einem KUNDEN im Auto. Können
wir heute Abend telefonieren?"

„Ich muss immer an unsere letzte Nacht denken",
haucht es aus dem Hörer.

Ich möchte eine Vollbremsung machen. Geht auf der
Autobahn aber schlecht. Mir wird ein bisschen übel.

„Äh klar, und wann ist jetzt der Termin?" sage ich
möglichst geschäftsmäßig.

„Ich muss dich sehen. Auch wegen unserem Projekt."

„Okee, sagen wir Samstag, 14 Uhr?" Ich muss das

schnellstens beenden.

„In der Agentur, ich freu mich!" sagt sie.

„Ja. Alles klar Herr Schmadtke, so machen wir's! Bis da-hann!" sage ich noch, als Trixi längst aufgelegt hat. Grade nochmal gutgegangen.

Hugo Neppsteiner begrüßt uns überschwänglich: „Ah, da ist ja unser Traumpaar! Die Jäger des gewonnenen Pitches!" Dann zieht er mich am Ärmel in sein Büro. „Kommen Sie Fritz, ich muss Ihnen was zeigen. ICH BIN FERTIG!" ruft er und weit mit stolzgeschwellter Brust auf den Sandkasten.

Tatsächlich, da steht eine veritable Großstadt mit zig Hochhäusern und Straßenschluchten mit Autos und Fußgängern. Ein furchtbares Gewimmel. Das müssen hunderte Figuren und Modellautos sein! Wie hat Hugobaby die alle in die engen Straßenschluchten gequetscht, ohne die Sandbauten zu zerstören?

„Einhundertachtundachtzig Autos und fünfhundertsiebenunddreißig Figuren", sagt er stolz, als hätte er meine Gedanken gehört. „Die hab ich alle mit einem Müllgreifer Stück für Stück eingesetzt. Sie wissen schon, diese langen Dinger mit so 'nem dreifingrigen Greifer vornedran. Sehr praktisch!"

Ja, eigentlich würde Hugo die grellorange Montur der Müllwerker prima stehen, aber er trägt wie immer seinen Blaumann und den gelben Bauhelm.

Der Sandkasten wird inzwischen von einem Pavillon überdacht, von dem in regelmäßigen Abständen Wassertröpfchen auf Sand-Hongkong runterrieseln. Aus kleinen Lautsprechern ertönt leiser Straßenlärm. Nur die Leuchtreklamen fehlen. Aber dafür gibt's unzählige bunte Werbeschildchen, die Hugo an die

Sandhäuser gepappt hat. „Die perfekte Illusion, bis auf die Leuchtreklamen", erklärt Hugo begeistert, „aber wenn das trocknet, fällt alles zusammen. Deshalb habe ich mir diese Bewässerungsanlage bauen lassen. Man muss sich nur zu helfen wissen."

Ich bin unsicher, wie lange ich das monströse Sandkastenteil noch bewundern muss. Anne erlöst mich.

„Echt super, Hugo, aber wir haben ja auch noch was zu tun."

„Ja ja, der blaue Gorilla", sagt Hugo.

Eigentlich hab ich den Film schon im Kopf: Kamera knapp über dem Boden, langsam treibende Elektromusik, man sieht abgelatschte Sneaker gehen. Weiter vorne sieht man: Elektromarkt. Schnitt. Ein Fünfzehnjähriger aus der Froschperspektive. Pickel im Gesicht, na, vielleicht auch keine Pickel, altersübliche Klamotten, was die halt so anziehen, soll die Stylistin klären. Der Typ holt sich das neueste King-Kong-Monsterspiel aus dem Regal und marschiert zur Kasse. Die Kamera folgt ihm aus der Froschperspektive. Das lässt ihn größer erscheinen. An der Kasse fährt die Kamera hoch und man sieht: Der Junge ist ziemlich klein. Die Kassiererin ist misstrauisch. Der Junge zieht mit einem coolen Gesichtsausdruck die Kong King Kard aus der Gesäßtasche. Wie ein Dschinn entsteht der blaue Gorilla aus der Karte. Er schwingt sich in die Luft und ist bestimmt, na sagen wir, drei Meter groß. Er beugt sich zu der verängstigten Kassiererin runter und überreicht ihr die Karte. Schnitt, Gorilla und der Junge. Claim: Kong King Kard. Kooler kaufen. Danke Eddy.

„Hört sich gut an", meint Hugo Neppsteiner. „Das

könnte auch den Eltern gefallen. Die sind ja schließlich auch Zielgruppe. Dürfen wir nicht vergessen. Aber hatte der Gorilla nicht eine Slapstickeinlage?"

„Hab ich weggelassen" (eigentlich vergessen), „weil das zuviel Chaos verursacht und den Fokus von der Kreditkarte nimmt. Je lustiger der Spot desto weniger merkt man sich das Produkt."

Wir sitzen im Konfi mit Anne und – mir direkt gegenüber – einer hübschen Grafikerin namens Anna. Wenn das mal keine Verwechslungen gibt.

„Ich finde das irgendwie old-school", sagt Anna, „andererseits ist old-school ja vielleicht gar nicht so schlecht."

„Old-school kann's ruhig sein, bloß nicht altmodisch", sagt Anne.

„Ich hatte überlegt, den Gorilla so 'ne Dosenpyramide umschmeißen zu lassen, so wie in diesen Sechzigerjahre-Supermärkten der Amis", wiederhole ich mich, „aber ich glaube, das macht den Film zu unübersichtlich."

„Klare Botschaften", sagt Hugo. „Ich habe nicht erwartet, dass wir so schnell ein Ergebnis haben, ein so gutes dazu – aber mit Fritz haben wir offensichtlich ein besonders scharfes Schwert in der Scheide." Er lacht. Ich zucke bei dem Wort Scheide unwillkürlich zusammen.

„Anna", fährt Hugo fort, „machen Sie sich mal an ein Moodboard, stimmen Sie sich mit Fritz ab. Und Sie", sagt er zu mir, „schreiben das Ganze mal runter und setzen sich dann mit Anna ans Storyboard. Die kann ja ganz gut zeichnen. Kommen Sie Fritz, ich zeige Ihnen Ihren Schreibtisch."

Nachdem ich Hugo höflich darauf hingewiesen habe, dass ich als Texter ein Einzelbüro brauche, damit ich ungestört arbeiten kann, finde ich mich in einem Abstellraum wieder. Der Schreibtisch ist ein Resopal-Campingtisch, der extrem wackelt. Ein abgeranztes iBook wartet darauf, von mir aufgeklappt zu werden. So nicht, Freunde! Ich hab natürlich selber ein iBook dabei, ein halbes Jahr alt und sauschnell. Das alte leg ich unter das zu kurze Tischbein. Das nackte Metallrohr kratzt hässlich über die silberne Klappe des Laptops.

Ich bin so in meine Arbeit vertieft, dass ich gar nicht merke, wie Anna in den Raum kommt. Eigentlich rieche ich sie zuerst, sie hat ein eigenartiges Parfüm, das wie eine Mischung aus frischgewaschener Wäsche und Schokoladekeksen riecht. Mit Erdbeeraromen in der Kopfnote.

„Hi Fritz! Na, dich haben sie ja ganz schön abgeschoben."

„Schon okay, ich brauch Ruhe beim Hirnen."

„Ich hab ein bisschen was fürs Moodboard gemacht, magst du mal schauen?" (Ein Moodboard ist eine Ansammlung von Bildern, die die Bild- und Farbstimmung in dem Film klarmachen soll.)

Das Parfüm macht mich ganz verrückt. Ich schau mir das Moodboard auf Annas Monitor an. *Die Anna macht das nicht schlecht* meldet sich Eddy. Stimmt. Und sie hat wahrscheinlich schöne Brüste, wie ich von hinten über ihre Schulter durch den Parfümnebel sehen … könnte. Tu ich natürlich nicht, Anne könnte ja jeden Augenblick um die Ecke kommen. Die Bilder, die sie runtergeladen hat, zeigen die Typen, die ich mir vorgestellt habe, mitten in der Pubertät und voller Pickel. Ich glaub, Pickel sind doch nicht so gut ... Aber die Ladenszenen sind viel zu hell.

„Da muss ganz viel Blau rein", sage ich, „das muss so'n bisschen düster wirken. Kong King ist kein Kindergeburtstag."

„Vielleicht legen wir über die Ladenszenen einen Blaufilter drüber."

„Ja, und blauer Teppichboden, blaue Sneaker, Jeans. Und weniger Pickel bei den Typen, am besten gar keine. Gut wär auch, wenn der blaue Augen hätte."

„Wie soll denn der Gorilla aussehen?"

Ja, der Gorilla. Hab ich noch gar nicht drüber nachgedacht. „Was meinst du?" frage ich Anna.

„Hm, vielleicht wie der King Louie aus dem Dschungelbuch?"

„Das ist doch ein Orang-Utan."

„Stimmt."

„Also auf jeden Fall muss er sympathisch aussehen, nicht bedrohlich. Und er muss 'ne Sonnenbrille aufhaben."

„Hast du nicht gesagt, der muss bedrohlich wirken?"

„Na ja, nur so'n bisschen und nur die Szenerie. Das kriegen wir mit dem Blaufilter hin. Ich denke eher so an den Flaschengeist von Aladdin. Oder wie Shrek."

„Shrek ist geil! Aber der ist grün."

Mein Gott. „Nur so die Richtung", sage ich, „die Animationstypen sollen uns da ein paar Vorschläge machen. Aber fürs Moodboard kannst du den Shrek ja mal blau färben und in eine Gorillafresse einbauen."

Ich fahre Anne nach Hause. „Die Anna macht das

gut", sage ich, „ wie lange ist die schon bei euch?"

„Wieso interessierst du dich so für die?"

Aufpassen, dünnes Eis! warnt Eddy. Ich suche gerade nach irgendwas Unverfänglichem, das ich antworten kann, da langt Anna rüber und gräbt die Hand in meinen Schritt.

„Die Anna ist uns jetzt mal egal", sagt Anne und lässt ihre Finger arbeiten. Dem Sprinterbeifahrer an der Ampel fallen fast die Augen raus. Annes Bemühungen sind meiner Konzentration im Straßenverkehr nicht gerade förderlich, was auch Meier säuerlich kommentiert. *Mein Gott, können wir nicht warten, bis wir zu Hause sind? Mitten auf der Straße, wie gefährlich!* Ja, beinahe hätte ich eben einen Radfahrer von der Straße geschnickt! Und – BLITZ! – habe ich jetzt auch noch die zulässige Höchstgeschwindigkeit vom 50 km/h um mindestens 20 überschritten (ich schau kurz auf den Tacho, ja, das waren knapp 80), weil eine raffinierte, weibliche Handbewegung von Anne in meinem Schritt mein rechtes Bein auf dem Gaspedal zucken lässt und einen Kickdown auslöst, worauf es uns der Achtzylinder mal so richtig zeigt. Ich muss kurz an Hansis Idee mit den Blitzerbildern für die Geburtsklinik denken.

„Ähm, das ist sehr schön, Schatz", sage ich, denn ich habe schon einen ordentlichen Ständer „aber ich kann mich nicht konzentrieren." Außerdem wird's langsam unbequem.

„Schatz!" Anne lacht und lässt von mir ab.

Der Rest läuft ab wie im Film: Bei Anne zu Hause angekommen reißen wir uns die Kleider vom Leib und lieben uns. Endlich. Das Leben kann so einfach sein.

11
Trixi unchained.

Am Samstag gehe ich pünktlich um 14 Uhr durch die Eingangstür von StrohCom. Die Agentur ist leer, klar, Wochenende. Ich höre leise Musik und geh ihr nach. Ist das Je t'aime? Ich fasse es nicht. *Das ist so kitschig, dass es schon wieder gut ist,* meint Eddy. Hm. Die Tür zum Je t'aime-Büro steht offen. Trixi liegt hingegossen auf ihrem Schreibtisch. Dem gleichen Schreibtisch, auf dem wir neulich … Irgendwie hab ich das befürchtet. Alle Unterlagen hat sie vorher feinsäuberlich auf dem Boden gestapelt. Die Jalousien sind runtergelassen, und das Sonnenlicht wirft ein Streifenmuster auf ihren zugegebenermaßen sehr weiblichen Körper. Sie hat ein hautenges, weißes Kleid an, das durch das Streifenmuster wie ein Zebrafell aussieht. Wie komme ich da wieder raus? *Eine Wiederholung des Vorgangs neulich kommt nicht in Frage!* mahnt Meier.

„Nein", sage ich.

„Nein?" wiederholt Trixi verwundert.

„Äh hallo Trixi, nein, ich meine nicht nein. Also schon nein, was das hier betrifft, aber nicht nein zu dir, also generell …", stammele ich.

Die Situation überfordert mich. Und ich bin froh, dass die Liebensnacht mit Anne ein bisschen Druck rausgenommen hat.

„Also was jetzt?" Trixi schaut mich verwirrt an. Im Hintergrund beginnt Jane Birkin zu stöhnen.

„Ich meine, wir haben doch was zu tun, wir sind ja nicht zum Spaß hier. Also ich jedenfalls …"

Trixi stellt ihr Bein auf und ich sehe, dass sie kein

Höschen trägt. Auch das noch. Zum Glück habe ich meine Brille auf – es gibt Tage, da vertrage ich meine Kontaktlinsen einfach nicht – die ich jetzt absetze, wodurch ich dank meiner starken Kurzsichtigkeit keine Details mehr erkennen kann.

Ich sage: „Trixi, du bist echt ein nettes Mädchen, ach was, du bist total toll! Und ich schätze deinen Intellekt und überhaupt … Aber mit uns, das wird nix. Never."

Ich bin stolz auf meine Standhaftigkeit. Wenn Meier mir auf die Schulter klopfen könnte – jetzt würde er es tun.

Trixi setzt sich abrupt auf. „Was willst du denn mit dieser Pute?"

Ich muss das abkürzen. „Was gibt's denn Neues von der Penispumpenfront?"

Sie fängt an, ein bisschen zu weinen. Ist das Strategie? Oder ist die Verführung schon gecancelt? Passenderweise endet der französische Schmachtfetzen gerade, aber schon beginnt das nächste Kuschellied. Bilitis, wenn mich nicht alles täuscht.

„So schnell geb ich nicht auf", schluchzt Trixi, „ich erniedrige mich hier vor dir, und du tust so, als ginge dich das gar nichts an!"

Ja, was sollte es mich auch angehen? Hab ich mich auf den Schreibtisch gelegt?

„Hör zu Trixi, können wir das vertagen?" sage ich. „Lass uns doch mal über den Job reden. Soweit ich weiß, gibt's da ja auch Termine."

Trixi seufzt und ruckelt ihre Brüste zurecht. Sie rutscht vom Schreibtisch runter und gleitet in ihren Bürostuhl. Irgendwie passt die Kuschelmusik jetzt gar nicht mehr.

„Mach doch mal dieses Gedudel aus", sage ich reichlich unsensibel, worauf Trixi wieder zu schluchzen beginnt. Aber sie schaltet die Musik ab.

„Also ..." Sie hebt einen Stapel Papier vom Boden auf. „... Die Texte find ich jetzt so weit gut. Das Shooting ist eigentlich auf den 13. August terminiert ..."

„Wieso eigentlich?"

Trixi schaut mich an. Die getrocknete Wimperntusche zieht sich in zombiemäßigen Strähnen über ihre Wangen. Dass man da nicht mal was Haltbareres erfinden kann.

„Bei dem Flyer und dem anderen Kram wird's nicht bleiben", sagt sie.

„Aha." Das riecht nach Geld.

„Ja, der Herrlich – das ist der Marketingleiter von Jackson & Jackson – der will auch einen Film machen."

„Für 'ne Penispumpe? Für so 'nen kleinen Markt?"

„Na ja", sagt Trixi, „es soll kein TV-Spot werden. Eher so ein Lehrfilm, oder besser: ein Anwendungsvideo."

Bei mir schrillen alle Alarmglocken. Da wird mein Alter niemals mitmachen!

„Du glaubst doch wohl nicht im Ernst, dass mein Vater da mitmacht?" sage ich empört.

„Hm, also mal abgesehen davon, dass man für das Filmchen auch einen anderen Darsteller nehmen könnte, wäre es natürlich schon gut, wenn dein Vater das machen würde", antwortet Trixi. „ Schon aus Gründen der Wiedererkennung. Außerdem, Fritz: Die Anwendung selber wird 'ne Animation, da muss dein Vater nicht die Hosen runterlassen. Der soll nur das

Intro und das Outro sein. Sagen muss er auch nix, wir legen da einen Off drüber."

Das birgt Sprengstoff genug. Meier muss mir dringend eine Strategie für meinen Alten zurechtlegen.

„Und die Fotos werden dann während des Drehs gemacht, oder wie?"

„Genau, nächste Woche Dienstag, am 13.", sagt Trixi. „Dein Vater müsste aber das Teil dann schon mal in der Hand halten."

„Das macht der nie."

Ich stelle mir vor, wie mein Vater dümmlich grinsend mit der Penispumpe hantiert.

„Denk dir was aus", sagt Trixi, und straft mich mit einem eiskalten Blick.

Ich erwische meinen Vater bei der gewohnten Tätigkeit: Zeitunglesend auf dem Sofa. Ob bei dem noch was geht? Mit Mitte 70?

„Du Papa, wegen dieser Sozialsache, da gibt's jetzt einen Fototermin. Nächste Woche Dienstag."

Mein Vater setzt sich vom Sofa auf und greift sich ein ledernes Notizbuch. „Das klappt, da habe ich keinen Termin", sagt er. Als wenn ein Rentner wie er noch viele Termine hätte.

„Was soll ich denn anziehen?"

Hatten wir das nicht schon geklärt?

„Nimm einfach einen Koffer mit'n paar Sachen mit. Da ist noch was, Papa. Die wollen auch einen Film drehen mit dir."

„Wie, ein Film? Worum geht's denn da überhaupt?"

„Also das ist ein bisschen kompliziert." Ich überlasse Meier die Leitung des Sprachzentrums. „Der

Sozialverein hat da 'nen amerikanischen Hersteller an der Hand, der will so ein neuartiges Gerät verkaufen. Und das soll erstmal über den Sozialverein laufen, der Erlös vom Verkauf geht dann auch zum Teil an soziale Zwecke. Tolle Sache."

„Ja und was ist das für ein Gerät?"

„Das ist unglaublich, echt 'ne Neuheit: Mit dem Gerät kannst du Kerzen löschen, ohne dass es qualmt! Man stülpt es einfach über die brennende Kerze und drückt einmal auf einen Blasebalg – puff, ist sie aus. Klasse, oder?"

„Na ja", sagt mein Alter, „wir haben früher einfach Daumen und Zeigefinger nass gemacht und die Kerze ausgedrückt. Hat auch nicht gequalmt."

„Ja, aber die Verletzungsgefahr! Brandblasen! Und Wachsflecken überall!" versuche ich gegenzusteuern.

So ganz überzeugt scheint mein Vater nicht zu sein, aber das ist egal. Hauptsache, ich hab eine Story (danke Meier).

„Und wo wird der Film gezeigt? Im Kino?" fragt mein Vater.

„Nein" sage ich, „das ist nur intern. So als Präsentation."

Ich ziehe die Penispumpe aus der Tasche.

„Schau mal, Papa, ich hab dir das Gerät schon mal mitgebracht, damit du dich damit vertraut machen kannst."

„Sieht aus, wie 'ne Penispumpe", sagt mein Alter.

„Penispumpe? Wie kommst du denn darauf?" sage ich, ohne mir den Schock anmerken zu lassen.

„Hab ich neulich mal irgendwo gesehen", sagt mein Alter.

„Ja, das Prinzip mag ähnlich sein, aber der Kerzenlöscher ist was ganz anderes. Ich mach doch keine Werbung für Penispumpen!"

Mein Alter lächelt. Er greift sich die Penispumpe, marschiert in die Küche und kommt mit einer Kerze zurück.

„Wollen wir doch mal sehen", murmelt er und zündet die Kerze an. Dann stülpt er den Penispumpenzylinder über die Kerze. Die Flamme schmurgelt ein bisschen an der Abdichtlippe rum, bevor sie zischend erlischt. Es riecht nach ausgemachter Kerze und verschmortem Plastik. Im transparenten Kunststoffzylinder wabert Qualm.

„Siehste", sagt er triumphierend und drückt auf den Blasebalg, der leise furzt, „den Blasebalg brauchst du gar nicht mehr.

„Zur Sicherheit", erwidere ich, „zur Sicherheit."

„Und die Kerze darf auch nicht zu lang sein. Und vor allem nicht zu dick."

„Äh ja. Lange, dicke Kerzen sind momentan sowieso out."

12
Unter Palmen.

Wir drehen das Intro und das Outro im Frankfurter Palmengarten. Wachstum ist ja auch so ein Schlagwort. Neppsteiner hab ich was von einem dringenden Kundentermin erzählt, was ja auch stimmt, und außerdem kann ich als Freier machen, was ich will. Anne hab ich nur ein bisschen angeschwindelt.

Mein Vater läuft nervös auf und ab und erzählt jedem, der es wissen will, dass er ja eigentlich ehemaliger Unternehmer sei und sowas gar nicht nötig habe. Er trägt hellbraune Lederschuhe, einen dunkelblauen Anzug, weißes Hemd und eine Krawatte mit kleinen Jagdhörnern drauf. Mit seinem kleinen Koffer sieht er aus wie ein Steuerberater im brasilianischen Dschungel, der auf seinen indigenen Klienten wartet. Ich habe einen Riesenbammel vor dem Dreh. Zwar habe ich jedem Crewmitglied eingeschärft, nicht das Wort Penispumpe auszusprechen, aber wer weiß, ob die sich daran halten? Kann man das überhaupt geheim halten? Vielleicht sollten wir dem Alten reinen Wein einschenken. Was ist schon dabei? In dem Alter? *Auf keinen Fall!*

Man hat uns einen kleinen abgesperrten Bereich zur Verfügung gestellt, der gerade so für das Video-Equipment reicht. Ständig muss man Palmwedel und anderes Dschungelzeugs beiseiteschieben. Zusätzlich wurde das Set auf Anregung des Kunden mit Salatgurken, Zucchini und Bananen ausgeschmückt. Passt meines Erachtens zwar sowas von überhaupt nicht in den Palmengarten. Aber zum Produkt natürlich schon. Und zu meiner Story auch. Wenn man die beiden Szenchen Story nennen kann.

Da entdecke ich Manfred Herrlich, den Marketingdirektor von Jackson & Jackson. Oder besser gesagt: Er entdeckt mich.

„Hallo Herr Geiss", ruft er, „haben wir das Set nicht toll hergerichtet?"

„Ja, super", antworte ich.

„Ich sage Ihnen, das Produkt hat Potenzial! Die Alten werden immer mehr und wollen sich ihren Spaß nicht nehmen lassen. Auch wenn sie dafür Hilfsmittel brauchen. Da sind wir die herzschonende Alternative."

„Wieso denn herzschonend?"

„Na", entgegnet Herrlich, „Viagra geht ja bekanntlich auf die Pumpe. Unsere Pumpe nicht."

Mein Alter tritt an mich heran. „Wann geht's denn los? Wir stehen hier schon zwei Stunden rum …"

„Ja Papa", sage ich, „so ein Filmdreh ist halt immer aufwendig. Die müssen ja alles Mögliche aufbauen."

Da tritt eine Frau in Papas Alter auf den Plan.

„Was macht die Frau denn hier?" zischt mein Vater.

„Ähm, das ist deine Partnerin."

„Partnerin?"

„Hab ich das nicht gesagt?"

Max, der Regisseur kommt auf uns zu. „Herr Geiss, das ist Ihre Partnerin Amanda. Ich würde vorschlagen, dass ihr euch gleich duzt, das macht es ein bisschen lockerer, hehe. Ach ja, und Herr Geiss, haben Sie noch was anderes zum Anziehen dabei? Der Anzug ist doch etwas overdressed für den Anlass, würde ich sagen. Schließlich geht es ja um ein Produkt, das

Freude bereiten soll."

„Freude?" sagt mein Vater, „warum soll ich mich freuen, wenn ich eine Kerze auslösche?"

Max lacht. „Auslöschen? Eher entzünden, was!" Er haut meinem Vater jovial auf die Schulter.

Frau Amanda guckt verwirrt. Ihr habe ich die Kerzenstory nicht erzählen können. Ich muss eingrätschen. Wieso tanzt der Regisseur plötzlich aus der Reihe?

Ich fange auch an zu lachen, während ich Max in die Seite knuffe und sage: „Schönes Wortspiel, Max! Ha ha! Ist ja auch echt 'ne zündende Idee von den Amis!"

Mein Vater geht mit seinem Koffer in das kleine Ankleidezelt. „Zieh dir was Freizeitmäßiges an!" rufe ich ihm hinterher, „aber keine Jogginghose!"

Ich will gerade Amanda in unser kleines Geheimnis einweihen, da spüre ich, wie sich mir zwei üppige Brüste in den Rücken drücken. Trixi. Gibt einfach nicht auf. Zum Glück hat sich mein Liebesleben mit Anne gut eingespielt, so dass ich inzwischen total drüberstehe. Glaube ich jedenfalls. Ich spüre Leben in meinem Schritt.

„Hallo Fritz", haucht sie und umfasst mich von hinten, „ich bin da."

„Das ist nicht zu überspüren", erwidere ich kühl, „wir müssen auch gleich noch was besprechen."

„Was für 'nen Bären hast du denn deinem Vater aufgebunden? Muss ich ja wissen, wenn ich mit ihm rede."

„Warum willst du mit ihm reden? Willst du um meine Hand anhalten, oder was?"

„Sehr witzig. Ich muss mich natürlich vorstellen",

sagt Trixi und sieht verletzt aus, „schließlich bin ich die verantwortliche Agenturvertreterin. Hallo übrigens", sagt sie zu Amanda. „Mein Casting!" sagt sie zu mir.

Ich erzähle Trixi kurz meine Story mit dem Kerzenlöscher. Amanda hört zu und scheint immer verwirrter.

Trixi lacht widerwillig. „Das glaubt der?"

„Na ja", sage ich, „er konnte sich meiner schlüssigen Argumentation nicht entziehen."

Ich kläre Amanda auf. „Das finde ich nicht in Ordnung", sagt sie, „da ist doch auch nichts dabei."

„Mein Vater ist sehr konservativ", sage ich, „wenn der den wahren Grund dieses Drehs erfährt, enterbt er mich."

Mein Vater kommt zurück. Er trägt jetzt ein hellblaues Poloshirt und kackfarbene Shorts. Genehmigt.

„Hallo Herr Geiss, Trixi Stroh von StrohCom", sagt Trixi.

„Aha", sagt mein Vater nur. „Noch eine Frau."

„Ich bin überzeugt, Sie werden das sehr gut machen, das mit dem … Kerzenlöscher."

„Es geht los!" ruft Max. „Herr Geiss", er schlurft mit der Penispumpe in der Hand auf meinen Vater zu und drückt sie ihm in die Hand, „Sie gehen bitte mit Amanda ganz nach hinten und kommen dann aus der Tiefe des Raums auf die Kamera zu. Dabei halten Sie die P… den Kerzenlöscher locker in der einen Hand, während Sie mit dem anderen Arm Amanda unterhaken und lächeln. Kriegen Sie das hin?"

Mein Vater lacht verächtlich – der Vorzeigeunternehmer, gestählt durch unzählige Meetings mit unglaublich wichtigen Leuten. Da hat man schon weit Größeres gewuppt. Er schreitet mit stolz geschwellter Brust los.

„Halt, erst wenn ich die Klappe zuschlage!" ruft Max und hält die Filmklappe hoch. „Außerdem haben Sie Amanda vergessen. Und seien Sie weniger stolz, mehr so … souverän. Denken Sie daran, was Sie den anderen armen Würstchen voraushaben, die keinen Kerzenlöscher besitzen."

„Kerzenlöscher, was für ein Schwachsinn", murmelt mein Vater.

Amanda eilt herbei und fasst meinen Alten unter. Dann schlendern sie feierlich durch das Salatgurken-Zucchini-Bananen-Portal auf die Kamera zu.

„Cut!" ruft Max. „Das muss dynamischer wirken, entschlossener. Herr Geiss, vielleicht heben Sie ihr Kinn ja ein bisschen an – sehr groß sind Sie ja leider nicht. Und Amanda, Sie dürfen Herrn Geiss ruhig etwas mehr anhimmeln."

„Er soll das Objekt höher halten, das sieht man ja kaum", ruft Trixi. Auch sie vermeidet das P-Wort.

Wir brauchen fünfzehn Takes, bis wir die erste Szene im Kasten haben. Amanda erträgt das Ganze gelassen, aber mein Alter ist schwer genervt. Dafür scheinen sich die beiden angefreundet zu haben. *Wenn ich mir die verliebten Blicke von Amanda so ansehe, ist da mehr im Anrollen,* meint Eddy. Hoffentlich gipfelt die Liebe nicht darin, dass Amanda meinem Alten die Wahrheit erzählt. *Vielleicht sollten wir ihr einen Teil der Erbschaft versprechen.*

Die zweite und letzte Szene erfordert nicht ganz so viel schauspielerisches Geschick. Papa braucht nur die

Penispumpe hochzuheben und zu zwinkern, während Amanda sich an ihn lehnt und ihn anhimmelt.

„Mein Gott, was machen die für eine Show um diesen Kerzenlöscher", grummelt mein Vater. „Als wär's 'ne Heldentat, eine Kerze auszumachen."

Er hält die Penispumpe mal rechts, mal links hoch, grinst dabei, zwinkert links, zwinkert rechts und wird immer missmutiger. Während Amanda kurz davor ist, einen Gesichtskrampf wegen übermäßigen Anhimmelns zu erleiden. Endlich ist Max zufrieden.

„Alles klar, das war's!" ruft er.

Aber nicht für meinen Vater.

„Dann machen wir jetzt das Shooting", sage ich.

„Shooting? Was ist das denn?" ruft mein Vater empört. „Ich dachte wir sind hier fertig!"

„Du oder besser gesagt ihr werdet jetzt noch fotografiert", sage ich nachsichtig. „Das geht aber schnell."

„Kein Problem", meldet sich Bengt, der Fotograf, „meiste Fotos hab ich schon bei zweite Szene gemacht. Müsse bloß noch paar Close-ups von die Penispumpe mache."

„Hat er eben Penispumpe gesagt?" Mein Alter schaut mich an.

„Ach Papa, das ist so ein Running Gag bei uns", sage ich, „wir nennen den Kerzenlöscher manchmal so. Hast ja selber gesagt, dass das Teil wie eine Penispumpe aussieht."

„Eins sag ich dir", sagt mein Vater. „Ich mach das nur für dich."

13
In der Höhle des Gorillas.

„Gute Arbeit, Leute." Hugo Neppsteiner starrt auf das Storyboard auf dem Bildschirm. Wir sitzen im Konfi mit Anne und Anna. „Genauso hab ich mir das vorgestellt! Aber warum erinnert mich der Gorilla an Shrek?"

„Wir wollten ihn sympathisch aussehen lassen", sage ich.

„Gut", sagt Hugo zu Anne, „dann vereinbaren Sie mit den Hygron-Leuten einen Termin für die Präsentation."

Mein Benz läuft glücklicherweise wieder auf allen acht Töpfen, aber der Klimakompressor ist immer noch kaputt. Weil ich aber darauf bestanden habe, zu fahren (ich komme ja kaum noch dazu, dabei liebe ich es zu fahren, und ein Oldtimer wie mein Benz muss bewegt werden), müssen Anne und Hugo auf der Fahrt nach Frankfurt leider schwitzen.

„Haben Sie eigentlich eine Krawatte dabei?" fragt Hugo von hinten.

Krawatte? Ein Sakko reicht doch, oder?

„Äh nein", sage ich.

„Hab ich mir schon gedacht" sagt Hugo und reicht Anne eine Krawatte nach vorne, „keine Ahnung von chinesischen Dresscodes. Der Chinese, vor allem der Hongkong-Chinese erwartet im Geschäftsleben selbstverständlich die klassischen Umgangsformen, und dazu gehört auch eine Krawatte. Schlimm genug, dass Sie keinen Anzug tragen."

Ich bin Kreativer, ich darf das! Ich hab ja sogar wieder meine feinen braunen Sonntagshalbschuhe an, die ich diesmal bombenfest gebunden habe. Die Schnürsenkel habe ich zur Sicherheit mit der Heftzange zusammengetackert.

„Schicke Krawatte", sagt Anne, als sie das Teil betrachtet, aber ich glaube, sie meint das eher sarkastisch. Ich linse rüber und sehe kleine weiße West Highland Terrier, die sich jauchzend und springend auf jagdgrünem Grund verlustieren. Dazwischen Jäger mit lustigen Käppis, die mit angelegter Büchse auf Wildschweine zielen, die aus einem stilisierten Wald herausbrechen und dabei eine Kaskade von Eicheln von den Bäumen herunterschütteln. Ganz schön viel Inhalt für eine Krawatte. Die würde meinem Alten auch gefallen.

Das Star Apart Hotel liegt in Sachsenhausen. Simon Han, so heißt der Hygron-Typ, hat einen Konferenzraum gemietet. Im Raum nebenan ist offenbar einer am Programmieren von irgendwelchen Hiphop-Sounds, was unseren Konferenzraum mit leisem rhythmischem Gewummer erfüllt. Find ich ja eigentlich nicht schlecht, so ein bisschen Musikuntermalung, *könnte uns allerdings aus dem Konzept bringen,* ergänzt meine linke Gehirnhälfte.

„Hatten Sie gute Reise?"

Herr Han rollt das R wie ein Ami. Und er empfängt uns in Jeans, neongrünem T-Shirt und roten Turnschuhen. Darüber trägt er ein dunkelblaues Sakko. So viel zum chinesischen Dresscode. Überhaupt macht er nicht den Eindruck eines superwichtigen Managers einer Riesenbank aus Hongkong. Er ist höchstens

zehn Jahre älter als ich und scheint ein ziemlich lockerer Typ zu sein. Ich komme mir jedenfalls mit meiner
Jagdkrawatte und den schnieken Schuhen ziemlich
blöd vor.

„Ich sag mal so", sagt Hugo, der im Fond meines
Autos gegrillt worden ist, „der Weg war das Ziel."
Dabei schaut er mich böse an.

„Hitze ist normal in Hongkong", sagt Simon Han,
„bald normal auch hier."

Er holt vier Dosen Beck's aus dem Kühlschrank.

„The best bei dem Wetter."

„Gläser gibt's keine?" raunt Hugo mir zu.

Mir gefällt der Knabe immer besser.

„Ich bin der Sohn von Sam Han", *einer der reichsten
Typen Hongkongs, glaub ich* „und er ist Vorstand von
Hygron-Bank" sagt Simon. „Mein Vater möchte, dass
ich die Marketingabteilung von Hygron führe. Das ist
my first project in dieser Branche."

„Dann werden wir alles tun, damit Sie Ihr Projekt
perfekt über die Bühne bringen", sagt Anne staats-
tragend.

Während ich den Film vortanze, merke ich, dass ich
immer mehr im Rhythmus des Hiphopgewummers
spreche. Aber irgendwie passt das zur Story.

Simon Han klatscht in die Hände.

„Prima, gefällt mir sehr gut. Echt geil, oder wie sagt
man? Der Gorilla muss ganz groß sein. Riesig! Und
sympathisch. Die Shrek-Nummer passt gut. Aber sollte man den Jungen ersetzen by Mädchen?"

„Warum?" antworte ich.

„Warum nicht?" sagt Han, „Warum muss es immer

Junge sein, der kauft? Warum nicht Mädchen? Oder, Miss Anne?"

Ich schätze mal, dass Anne die feministische Schwäche unseres Spots nicht aufgefallen ist.

„Äh ja, sicher, das ist theoretisch möglich …"

„Das ist ein Boys-Ding, das mit Kong King", unterbreche ich Annes Stammelei, „so ein Gorilla ist ja auch ein Potenzsymbol. Bei einem Mädchen würde man erwarten, dass irgendeine Fee aus dem Geldbeutel gepufft kommt, kein Monster."

„Ein Mädchen würde auch erschrecken", sagt Anne.

„Nä, ein Mädchen, das wäre suboptimal", sage ich.

„Das ist pillepalle, Simon", schaltet sich Hugo ein, „kein Problem, wir ändern den Packshot am Ende und nehmen noch ein Mädchen mit rein. Dann sind wir safe."

„Vielleicht himmelt sie ihn ja auch an. Ist verknallt in ihn", sage ich.

„Und schon haben wir einen geilen USP: Mit der Kong King Kard kommst du bei den Mädels groß raus!" ruft Hugo begeistert.

„Aber wenn sie ihn anhimmelt, muss sie vorher schon irgendwie involviert sein", fällt mir ein, „einfach nur so danebenstehen und aus dem Nichts jemanden anhimmeln – zu platt. Wir müssen das Mädel in die Story einbauen."

„Dann lassen Sie sich mal was einfallen", sagt Hugo.

„Na ja", sage ich, „die Zwei gehen halt gemeinsam durch den Laden, statt er alleine. Soweit ist die Story ja klar. Die Frage ist für mich, wie sich das Mädchen an der Kasse verhält. Erschrickt sie, wenn der Gorilla aus dem Geldbeutel kommt? Oder weiß sie, was jetzt passiert, weil sie es in der Vergangenheit schon mal erlebt hat?"

„Ich finde, ein bisschen erschrecken könnte sie schon", meint Anne, „also eher so ein wohliges Erschrecken, wie wenn ein Feuerwerkskörper explodiert."

„So die Richtung", antworte ich, „auf jeden Fall kriegt der Spot durch das Mädel eine echte Aufwertung. Guter Punkt, Simon."

„Exzellenter Punkt!" platzt es aus Hugo heraus, was ich jetzt doch ein bisschen übertrieben finde.

„No problem", sagt Simon und strahlt: „Übrigens wir werden kein TV machen. Zu viel Streuverlust. Wir machen nur viral."

Schade, wäre mein erster TV-Spot seit langem gewesen. *Der Typ hat doch Recht meldet sich Meier, die Kids gucken doch den ganzen Tag ins Handy. Außerdem haben wir da viel mehr Möglichkeiten.* „Das stimmt", sage ich, worauf Simon mich verwirrt ansieht. „Ich meine, das ist die bessere Lösung. Und die flexiblere."

„So, und jetzt, wo wir uns einig sind", sagt Hugo, „müssen wir das auch richtig begießen. Ich habe einen Tisch in einem bekannten Frankfurter Äppelwoi-Lokal reserviert."

Äppelwoi … Ich kann förmlich spüren, wie Eddy die Nase rümpft. Im Gegensatz zu Meier, der Äppelwoi liebt, ist Eddy auf Bier geeicht. Davon krieg ich aber leider Durchfall.

14
Down and out in Sachsenhausen.

Ich wache auf mit einem amtlichen Kater. Tief in meinem Kopf wummert die Schmerzpumpe und verursacht Unwucht, die wiederum Übelkeit verursacht. Mir ist schlecht. Wieso hab ich gestern Abend keine Aspirin eingeworfen? Scheinbar liege ich zu Hause in meinem Bett. Aber wie bin ich hierhergekommen?

Das kann ich dir sagen, meldet sich Eddy, *nachdem Hugo so betrunken war, dass er keinen Satz mehr zustande brachte …*

Der verträgt ja echt gar nichts

… hast du vorgeschlagen, dass Anne ihn mit deinem Benz nach Hause fährt.

Anne. Mit meinem Benz nach Hause. Alleine. Dass ich sowas erlaube. Da muss ich schon betrunken gewesen sein.

Jedenfalls bist du mit Simon in der Äppelwoi-Klinik geblieben.

Äppelwoi-Klinik. Cooler Name.

Und dann hat Simon dich gefragt, wo man noch ein bisschen Spaß haben kann. Und dann bist du mit ihm in dieses Edelpuff nach Darmstadt gefahren.

Ich war im Bordell? Ok, wenn die auf den Taxis so viel Werbung dafür machen, ist es ja kein Wunder, wenn man mal schwach wird.

Ein Wunder, dass sie euch reingelassen haben, so voll wie ihr wart. Gut, dass du deine Kreditkarte dabeihattest, denn Simon hat gleich 'ne Flasche Schampus bestellt. Da standen dann zehn, fünfzehn Göttinnen hinter der Theke, und du hast dich noch gewundert, dass man so viele Bedienungen braucht, bildschöne dazu.

Keine Ahnung.

Jedenfalls ist Simon dann verschwunden, und du bist an der Theke geblieben.

So langsam dämmert's mir.

Natürlich nicht alleine, und du warst gerade dabei, deine zweite Flasche Schampus mit der Lady zu killen, da wirst du gerufen, weil nämlich der Simon in der Dusche umgekippt ist.

Ja genau! Ich bin hochgerannt und hab ihn rausgeschleppt als er wieder bei sich war. Kreislauf eben. Die beiden Mädels – ja, es waren zwei! haben nur rumgekichert.

Aber die Flasche Schampus hast du mitgenommen.

Klar, die war ja auch noch dreiviertelvoll. Und dann ins Taxi mit ihm.

Dir selber hast du auch eins gerufen.

Ach was? Da hört's bei mir wieder auf. Die Fahrt von Frankfurt: weg, gelöscht.

Die leere Flasche hättste nicht auf dem Rücksitz liegenlassen sollen. Man nimmt seinen Müll mit.

Hoffentlich hab ich mir eine Quittung geben lassen.

Aber was du nicht mitbekommen hast, schaltet sich Meier ein, *auch die Presse war zugegen.*

Hab gar kein Blitzlicht bemerkt.

Der Han ist nämlich nicht irgendwer, sondern der Sohn eines der reichsten Männer Hongkongs. Ein Liebling der Boulevardpresse.

Wir, das heißt ich, sind jetzt also berühmt.

Im Bad liegen zwei Aspirin Tabletten zertreten auf dem Boden. Unter der Dusche fällt mir ein, dass ich gar kein Auto habe, um nach Frankfurt zu fahren. Ich muss sofort Anne anrufen. Aber zuerst muss ich mir überlegen, wie ich das Ganze verpacke. *Um Gotteswillen keine Fakten!* warnt Eddy. *Du musst ihr ja nicht erzählen, dass du im Puff warst, ist ja sowieso nix passiert, aber Frauen sind da eigen. Und die Info über den Zusammenbruch von Herrn Han finde ich auch nicht zielführend,* ergänzt Meier. *Ihr habt einfach einen Riesenschoppen gemacht, ihr Zwei.* Genau. Einfach ein Riesenschoppen. Mit einem Playboy. Obwohl ich ja sogar ein bisschen stolz auf mich bin, dass ich im Paradise – so hieß der Laden glaub ich – nicht aktiv geworden bin. *Aber wer weiß, was passiert wäre, wenn es Simon nicht erwischt hätte.*

Anne geht gleich ran. „Na, wieder fit?" Irgendwie klingt sie anders als sonst.

„Hat ein bisschen länger gedauert, als ich dachte", antworte ich, „ist ein Riesenschoppen draus geworden. Bist du mit dem Auto zurechtgekommen?"

„Wo wart ihr denn überall?" Du kennst dich doch in Frankfurt gar nicht so aus?"

Ist Anne sauer?

„Och, keine Ahnung, was das für Läden waren. Übrigens, hast du gesehen, dass unsere Äppelwoikneipe „Äppelwoi-Klinik" hieß?"

„Klar", sagt Anne, du hast doch den Han ausgelacht als er „apple why" sagte. Der hat das überhaupt nicht kapiert."

Wir lachen beide. Puuh, grade nochmal die Kurve gekriegt!

„Ist aber schwer in Ordnung, der Simon", sage ich, um die Unterhaltung in eine andere Richtung zu lenken . „Wir duzen uns mittlerweile auch."

Glaube ich zumindest, so genau kann ich mich nicht daran erinnern.

„Wann können wir uns sehen?"

„Du hast vermutlich noch keine Zeitung gelesen heute?"

„Äh, nein?"

„Dann besorg dir mal eine. Übrigens: Heute ist ein Arbeitstag. Auch für dich."

Na klar, für mich gehört Ausschlafen zum Job dazu, nachdem ich Han ausgeführt habe. Für Neppsteiner & Partner aber nicht. Offenbar.

„Wie spät ist es denn?" frage ich, als hätte ich keine Uhr am Handgelenk, aber Anne hat mich jetzt gerade auf dem falschen Fuß erwischt.

„Halb elf", sagt Anne.

„Ok", sag ich.

„'Oh' wär besser. Deine Karre steht übrigens vor der Tür."

Am Kiosk erschließt sich dann der Grund von Annes Zurückhaltung. HAN'S DAMPF – IM EDELBOR-DELL ZUSAMMENGEBROCHEN titelt die Bildzei-tung. Dazu ein Foto von mir, wie ich Simon über die Schwelle des Paradise schleppe. Die Leuchtreklame im Hintergrund sieht man zwar nur verschwommen, aber man kann's lesen. Ich sehe auf dem Foto aus wie ein Penner, aus meiner Sakkotasche lugt die Flasche Champagner. Mir wird wieder schlecht.

Diese überraschende Entwicklung hat ein Gutes und ein Schlechtes: Einerseits wäre unser Aufenthalt in der No-Go-Area sowieso rausgekommen, weil Anne die Quittungen verbucht. Das Problem habe ich jetzt nicht mehr. Andererseits ist es immer suboptimal, wenn die Freundin einen beim Bordellbesuch ertappt.

Hugo ist natürlich nicht begeistert, ach was: Er dreht komplett durch. So wütend hab ich ihn noch nie gesehen. Wie Rumpelstilzchen auf Koks.

„Mann Fritz, es gibt eine Grenze, sag ich Ihnen, ES GIBT EINE GRENZE! Sich auf meine Kosten zu amüsieren! Und dann auch noch so! Pfui Teufel! Ich hätte große Lust, Ihnen das vom Honorar abzuziehen. Und überhaupt, das hätten Sie mir ja mal vorher sagen können! Neppsteiner & Partner darf da auf keinen Fall mit reingezogen werden. Wir haben unter anderem die katholische Kirche als Kunde! Wie gut, dass Sie kein Angestellter sind!"

Hugos Geschrei macht es ziemlich schwierig, das Ganze ein bisschen unter der Decke zu halten. Aber wieso auch? Wissen doch sowieso schon alle. Ich glaube, Hugo ist nur sauer, dass er nicht mit von der Partie war.

Anne kommt ins Büro. Sie schaut mich an. Eiskalt, mit diesen eisblauen Augen:

„Hast du oder hast du nicht?"

„Nein", sage ich wahrheitsgemäß, „ich nicht. Aber Simon fast."

„Ich glaub dir kein Wort", zischt sie.

„Mann, Anne", sag ich, „wir kennen uns doch erst seit ein paar Wochen. Ein bisschen Zeit musst du mir schon geben, mich zu ändern. Außerdem war ich viel zu voll."

„Jedenfalls ist das eine Medienkatastrophe", sagt Anne, „ich wette, Hans' Hotel ist schon mit Fotografen belagert. Sowas geht doch rum wie nix."

„Ich hatte ja keine Ahnung, wie bekannt der Typ ist", sage ich.

„Bunte-Leser wissen mehr", sagt Anne sarkastisch.

„Hat der irgendeine spezielle Krankheit? Da hätte man einen medizinischen Grund", sage ich. „Aber anyway, wir können das trotzdem für Publicity nutzen. Man muss es nur geschickt anstellen."

Später kommt Hugo in mein Kabuff. „Kommen Sie Fritz, wir gehen mal 'nen Kaffee trinken."

Ich muss Hugo alles haarklein erzählen, wobei Eddys Erzählungen sich inzwischen wieder mit meinen Erfahrungen decken.

„Was für 'ne Sause", sagt Hugo. „Und der Han, was ist mit dem? Weiß der schon, was los ist?"

Wie auf Bestellung klingelt mein Handy.

„Fritz! How are you?"

Han klingt so munter, als käme er gerade von einem vierwöchigen Wellnessurlaub zurück. Ich bin neidisch. Mir geht's immer noch ziemlich dreckig, vor allem, weil die drei Aspirin in meinem leeren Magen böse Dinge veranstalten. Zeit, ordentlich zu frühstücken, hatte ich keine. Und Frühstück ist für mich eminent wichtig.

„Der Abend war great gestern! Und sorry, dass du so viel Arbeit mit mir hattest." Er lacht.

„Keine Ursache, das ist Service", sage ich.

Mein Bauch tut weh. So wie Simon klingt, hat er von der Zeitungsgeschichte noch nichts mitbekommen. Ist ihm vielleicht auch egal.

„Äh, Simon, da ist eine Sache", stammele ich.

„Die Fotografen? Ha! No Problem.", ruft Simon.

„Mein Image. Bin ich gewohnt. I like it! Ich mache

mich grade fertig, und gehe nach unten."

Sieht so aus, als könnten wir doch etwas von ihm haben. Später sehe ich bei Instagram, wie er vor den Paparazzi ein Tänzchen aufführt.

Solche Kunden hat man gern.

15
Pumpe on air.

Der Medienhype um Simon Han hat sich nach hohen Wellen schnell wieder gelegt. Und Anne hat mich auch wieder lieb. Die ersten paar Tage suchten mich einige Pressefuzzis auf. Bis auf die, die für uns nützlich waren, habe ich alle abgewimmelt. Aber natürlich haben wir die Sache medienmäßig ordentlich ausgeschlachtet. Der Hype schwappte von der Boulevardpresse in die Werbewelt (denn natürlich erzählte ich den Typen von Xing & Co. gerne, dass ich für den Verein arbeite), wo Neppsteiner & Partner nun als leicht halbseidene aber doch irgendwie geile Agentur gilt. Wir waren in allen möglichen Zeitungen und Zeitschriften. Ich bekam plötzlich eine Einladung zur Verleihung der Goldenen Löwen in Cannes, obwohl keiner meiner wenigen TV-Commercials es jemals auch nur in die Nähe einer Nominierung geschafft hat.

„Neppsteiner & Partner spielt jetzt ganz vorne mit!"

Hugo platzt fast vor Stolz, nachdem er den Artikel im HORIZONT gelesen hat.

„Gute Arbeit, Fritz, das haben sie gefickt eingeschädelt, he he."

Kein Wort mehr von Peinlichkeiten.

Er hat immer noch seinen Blaumann an, obwohl seine Sandstadt längst fertig ist. „Wir werden das Kong King-Projekt jetzt öffentlich machen", sagt er, „es ist Zeit, sich bemerkbar zu machen."

„Haben Sie Simon eigentlich schon mal Ihre Stadt gezeigt?" frage ich.

„Muss ich unbedingt. Aber der Kerl hat nie Zeit. Ständig in irgendwelchen Interviews. Unser Projekt macht er, glaube ich, eher so nebenbei."

Mein Handy klingelt, Papa ist dran. Er klingt euphorisch.

„Fritz, stell dir vor: Ich wollte doch immer ins Kino!"

„Ja und?"

„Die Firma von eurem Video, die hat mich gerade angerufen!"

„StrohCom?"

„Ja, genau die. Und pass auf, die wollen das Video ins Kino bringen!" Seine Stimme überschlägt sich fast. „Und ins Internetz auch! Was für ein Aufwand für einen Kerzenlöscher! Na ja", er lacht, „mir soll's recht sein!"

Wenn ich rote Flecken im Gesicht bekommen würde, was nicht der Fall ist – jetzt wären sie angebracht. Mein Alter hat immer noch keine Ahnung von dem wahren Kern seiner Bemühungen. Wenn er das herausbekommt – und das wird spätestens dann sein, wenn Bekannte ihn darauf ansprechen – kann ich mir wahrscheinlich mein Erbe an die Backe schmieren. Andererseits: Was hat Herrn Herrlich geritten, so eine Aktion zu starten? Bei welchem Film, zum Teufel, passt eine Penispumpe in den Werbeblock? Geht die Zielgruppe überhaupt noch ins Kino?

„Die geben mir einen Haufen Geld dafür", sagt mein Alter. „Ich hab natürlich sofort zugesagt."

„Du Papa", sage ich, einer plötzlichen Eingebung, wahrscheinlich von Meier, folgend, „wolltest du dir nicht die ganze Zeit schon einen Vollbart wachsen lassen? Sähe ganz gut aus, glaube ich Und diese dunkle Brille, die hast du auch schon länger nicht getragen."

Vergiss es, grätscht Eddy dazwischen, *es nutzt nichts, sich unkenntlich zu machen, wenn dich deine Bekannten trotzdem erkennen.*

„Hm Vollbart …" brummt mein Vater, „das würde Amanda auch gut gefallen, glaube ich."

Soso, dann hat's also doch gefunkt.

Ich muss Trixi anrufen. Als sie rangeht, merke ich sofort, dass das Feuer verschwunden ist. Gut so.

„Das Penispumpenvideo geht nächste Woche on Air!" sagt sie. „Hast du mit deinem Vater gesprochen?"

„Ja, deswegen ruf ich dich ja an. Was zum Teufel soll das mit dem Spot fürs Kino?"

„Der Herrlich dreht völlig durch. Der glaubt, dass seine Penispumpe der Markterfolg des Jahres wird, und will die jetzt total pushen. An deinem Vater hat er offenbar einen Narren gefressen."

„Mein Vater weiß aber immer noch nicht, wofür er in Wahrheit Werbung macht."

„Dann würde ich es ihm langsam mal sagen."

„Er ist jetzt mit Amanda zusammen."

„Ich weiß. Süß, oder?"

Vielleicht kann Amanda es übernehmen, meinem Vater reinen Wein einzuschenken. Eigentlich dachte ich, sie hätte es schon längst getan.

16
Es lebe der Spot!

Bei Neppsteiner & Partner wartet eine Menge Arbeit auf uns. Jetzt geht's ans Eingemachte. Ich schnappe mir Anna, um einen Jungen und ein Mädchen für den Kong King-Spot rauszusuchen, während Anne eine Produktionsfirma und Regisseure abcheckt, deren Showreels wir uns später durchsehen wollen. Anne hat schon Models bei KGB und CIA angefragt. Die beiden Modelagenturen haben auch ordentlich Material geschickt. Bei den Jungs werden wir schnell fündig, und interessanterweise haben Anna und ich denselben Geschmack. Der Typ hat feuerrote Haare. Er sieht aus wie Ron Weasley für Arme und scheint ein aufgewecktes Bürschchen zu sein. Vorsichtshalber nehmen wir noch zwei weitere Jungs zum Ablehnen dazu. Das passende Mädchen zu finden, gestaltet sich schwieriger. Der Gesichtsausdruck, die Pose des Mäd-chen sind entscheidend, und ich kann mir das auf den Fotos einfach nicht vorstellen. Die Probeszenen helfen auch nicht weiter.

„Wir brauchen den Anhimmel-Faktor", sage ich, „welche von denen guckt so, wie wir es wollen?"

Anna scrollt hin und her. „Guck mal die!" Sie zoomt auf eine dunkelhaarige Teenagerschönheit mit strah-lendblauen Augen. Traumhaft fürs TV.

„Die isses", sagt Anne von hinten.

„Hm", so richtig begeistert bin ich nicht. „Die ist zu schön. Und die passt auch nicht zu Ron."

„Die Rothaarigen haben wir schon aussortiert", sagt Anna.

„Dann färben wir ihr die Haare in der Paintbox eben rot", sagt Anne.

Rote Haare – und diese blauen Augen … scharfe Kombi wirft Eddy ein. „Das könnte was werden", sage ich. „Aber wir sollten die Augen noch auf Companyblau korrigieren."

Fehlt bloß noch die Kassiererin. „Ich finde, die könnte blond sein", sage ich zu Anna, „Blond hat auch so was Signalhaftes."

Wir suchen drei Frauen raus, denen wir einen Kassenjob zutrauen, wobei mir die Eine, die sich interessanterweise nur 'Frau Schmitt' nennt, am sympathischsten ist. Ihre Nase ist zwar einen Tick zu groß, aber solche Kleinigkeiten machen authentisch.

Der erste Regisseur, den wir uns ansehen, heißt Benni Blumen. Ob der Name echt ist? Auf jeden Fall ist er Programm. Benni ist der ideale Regisseur für, sagen wir mal, einen Weichspüler-Spot. Die Hausfrauen in seinen Spots sind allesamt hochattraktiv, superschlank, wahnsinnig glücklich und durchdrungen von der Produktbotschaft, die sie mit Inbrunst, aber trotzdem so authentisch wie möglich in die Kamera hauchen. In einem Spot – da geht's um fertiggebratene Hähnchenschnitzel aus dem Kühlschrank – lackiert sich die Tussi gerade die Nägel in der Küche, als Geschrei ertönt und eine vielköpfige Kinderschar in die Küche stürmt. Die Mama – was die Tussi offensichtlich ist – zeigt nachsichtige Freude und platzt fast vor Glück (Sind das alles ihre Kinder? Ich versuche zu zählen, höre aber bei neun auf), weil sie natürlich auf ungebetene Gäste (gut, dann wären es nicht ihre Kinder) stets vorbereitet ist, dank der praktischen

Glutocrisp Hähnchen-Fertigschnitzel. Kurz in die Pfanne oder die Mikro, fertig ist die schnelle, vollwertige Mahlzeit für die kleinen Racker. Interessant ist dabei, dass sie sich gar keine Gedanken um ihre frischlackierten Fingernägel macht. Na ja, man kann sich nicht um alles kümmern.

„Was hast du denn da für'n Scheiß rausgesucht?" frage ich Anne. Sie klickt wortlos den Nächsten in der Liste an. Berta Waxmeier. Nicht ganz so peinlich, aber unglaublich glatt. Die Models sehen aus wie animierte Barbiepuppen, mit Beinen wie aus hellbraunem Kunststoff, und man weiß genau, was sie in der nächsten Sekunde sagen werden. Natürlich herrscht stets strahlender Sonnenschein, damit sie ihre schneeweißen Cabrios mit Automatik eisessend offen fahren können. Es ist wie in der Truman Story.

„Wenn der dritte genauso scheiße ist, darf ich heute Nacht bei dir schlafen", sage ich.

„Das machst du doch sowieso?"

„Ja, aber jetzt mit Ansage."

Hank Schmitt heißt der dritte Regisseur, und ich weiß sofort: Der wird's machen. Hank macht Filme wie Joe Pytka, und den hab ich schon immer gemocht. Hochintelligente Sachen, irgendwie total Achtziger, aber geil umgesetzt. Aber Hank macht auch in Feuer, Muskeln und Schweiß. Rot, Orange, Schwarz. Und Blau. Bei einem Film hämmert Thor höchstpersönlich (also jedenfalls nehme ich das an) im Höllenfeuer schweißüberströmt ein Stück glühendes Eisen mit einem monstermäßig großen Hammer platt, um schließlich ein üppig verziertes Damaszenermesser auf den schwieligen Handinnenflächen zu halten. Um ihn herum wabern vier unsagbar attraktive Teufelinnen, oder was auch immer, von denen ich jede einzelne sofort zum Essen einladen würde.

„Geil", sage ich, „was hältst du von dem?"

„Wäre mir zu martialisch", sagt Anne. „Und klischeehaft."

„Hey, das ist der neue Joe Pytka!"

„Joe wer?"

Es dauert ein Weilchen, bis ich sie überzeugt und ihr die Notwendigkeit einer soziokulturellen Affinität zur Zielgruppe vor Augen geführt habe.

„Die Kids stehen auf sowas. Außerdem wird unser Ding sicher nicht so martialisch. Aber dramatisch muss es werden."

Zwei Wochen später findet bei Neppsteiner & Partner das Pre-Production-Meeting statt. Da wird quasi der komplette Spot auf links gedreht und alles durchgekaut, bin hin zur Sockenfarbe der Kassiererin. Zur Feier des Tages sind zwei Chefs aus Hongkong per Video zugeschaltet, Simons Vater aber nicht. Mit von der Partie ist außer uns Agenturtypen noch die Tussi von der Produktionsfirma, eine komplett aufgedrehte Person, die furchtbar aufdringlich duftet und mit einer Frisur wie ein orangefarbener Plastikhelm. Der Regisseur ist natürlich auch da. Hank Schmitt pflegt sein Image mit Sonnenbrille, Lederjeans, Cowboystiefeln und silbergrauem Pferdeschwanz.

Mein Problem ist, dass es mir saudreckig geht. Gestern Abend bin ich aus Versehen auf Stromis Party gelandet. Wer macht auch dienstags eine Party? Sowas kann nur Stromi einfallen, der erst mittags zu arbeiten anfängt. Mir ist enorm schlecht und ich bin hundemüde. Als Angestellter würde ich mich jetzt krankschreiben lassen. Stattdessen muss ich mir das hier antun.

Hank Schmitt macht sich zischend eine Dose Bier auf (woher hat er die?) und nimmt einen langen Schluck. Dann lehnt er sich zurück und greift sich sein Konzept.

„Ich stell mir das so vor: Kamera am Boden, Slo-Mo. Der Junge und das Mädchen – also ihre Beine – rennen über einen ziemlich abgefuckten Teppichboden, links und rechts explodieren Granaten, Fetzen vom Teppichboden fliegen durch die Gegend. Sie tragen Jeans und Sneaker, ohne Logo. Dramatische Mucke. Das Bein des Mädchens kriegt einen Splitter ab, Blut spritzt, sie knallt hin. Der Junge blickt entsetzt auf seine Freundin, die am Boden liegt. Aber er hetzt weiter. Schnitt. Die Kamera, immer noch am Boden, zeigt jetzt den Jungen, wie er sich mit einem Hechtsprung zur Kasse rettet, während hinter ihm eine weitere Granate einschlägt …"

„Äh Hank …"

Hank Schmitt blickt irritiert auf.

„Bin ich zu schnell?"

„Hank, wir hatten doch ein Treatment", sage ich.

„Geändert", sagt Hank, „finde ich besser so."

Die beiden Hygron-Leute auf dem Bildschirm mit dem Übersetzungsknopf im Ohr gucken konsterniert aus der Wäsche. Und auch der Rest der Truppe im Konfi hat sich offenbar eine andere Story vorgestellt. Die Frau mit dem Plastikhelm ist kreidebleich. Es ist so still im Raum, dass man meinen Magen knurren hört.

„Leute!" ruft Hank, „das war ein Witz! Wollte mal eure Reaktion testen."

„Also, ich fand gut," sagt Simon und lacht, aber da ist er so ziemlich der Einzige. Erleichterung macht sich breit. Der Plastikhelm atmet spürbar aus. Auch die beiden Chefs lassen eine Reihe gelber Zähne sehen. Hank setzt nochmal an.

„Also, wie gesagt: Kamera am Boden, Slo-Mo. Die Beine gehen über den Teppichboden, Elektronikware links und rechts, unscharf. Beide tragen Jeans und Sneaker. Lässige Mucke, so Hiphop-Zeugs. Schnitt. Die Kamera zeigt jetzt von unten die Köpfe der Beiden. Sie himmelt ihn an, vielleicht küssen sie sich auch, mal sehen. Schnitt. Kamera über seiner Schulter. Er legt sein Paket aufs Band – da müsste man noch klären, was das für ein Paket sein soll – und die Kassiererin guckt skeptisch. Wenn man's dramatischer machen könnte: Close-up auf die Kassiererin mit skeptischem Blick. Jedenfalls fragt ihn die Kassiererin (Hank ahmt die Stimme einer älteren Frau nach): „Willst du King Kong spielen?" Jetzt ein paar schnelle Schnitte auf ihn und seine Freundin, die ihn immer noch anhimmelt, was er offensichtlich genießt, close-up auf sein Gesicht, wie er mit tiefer Stimme sagt: „Kong King." Dann Schnitt auf die Geldbörse. Seine Finger ziehen die Kong King Kard raus und – puff! – ploppt der blaue Gorilla auf. Der hat jetzt die Karte in der Pranke und überreicht sie der Kassiererin, die natürlich komplett geflasht ist. Schnitt, Packshot mit dem Gorilla und dem Pärchen. Für den Packshot hab ich mir vorgestellt, dass der Typ sein Paket lässig an der Hüfte hält und das Girl sich an ihn lehnt. Hinter ihnen der blaue Gorilla mit 'nem breiten Grinsen."

Einer der beiden Chefs sagt etwas, das von einer unsichtbaren Übersetzerin ins Deutsche übersetzt wird: „Wir müssen sicherstellen, dass unser Produkt zu sehen ist."

„Klar, beim Rausziehen aus der Geldbörse sind wir close-up drauf", sagt Hugo, „und dann blenden wir sie am Ende des Packshots ein. Das hat Hank nicht erwähnt."

Hank grunzt. Ich danke Hugo fürs Eingrätschen, denn ich bin echt nicht in der Lage, irgendwas von mir zu geben. Ich könnte auch heimgehen. Aber nein, jetzt schauen wir uns die Schauspieler an. Bestimmt muss ich gleich was dazu sagen.

Und wie bestellt sagt Hugo in diesem Moment: „Zur Auswahl der Schauspieler kann Ihnen unser Mitarbeiter Fritz sicher etwas erzählen."

Ich habe mittlerweile rasende Kopfschmerzen und mir ist immer noch ordentlich schlecht. Irgendwie haben sich auch Meier und Eddy abgemeldet. Also muss ich das hier alleine wuppen.

„Wir wollten … einen pfiffigen Jungen haben, nach dem Vorbild von Ron Weasley … dem Freund von Harry … äh Potter."

Die Chefs auf dem Bildschirm nicken heftig.

„Und ich finde, was wir gleich sehen … werden, ist nicht weit von ihm … äh entfernt." Ich hab das Gefühl, dass Meier wieder auf dem Posten ist. „Das Mädchen ist eine echte Schönheit und trotzdem sehr natürlich, wir … werden ihr Haar umfärben, damit sie auch optisch zu unserem Helden passt. Anne drückst du mal drauf?"

Ich klopfe mir innerlich auf die Schulter, aber besser geht's mir deswegen nicht. Anne schiebt den Monitor ganz nah an die Videokamera dran, damit die Jungs in Hongkong auch alles sehen können.

„Ich heiße Ben", beginnt der Junge, „und ich bin seit dem fünften Lebensjahr im Filmgeschäft. Ich freue mich, in Ihrem Werbespot die Hauptrolle spielen zu dürfen."

Die Hauptrolle. In einem Commercial. Ganz schön selbstbewusst, das Kerlchen. Egal. Ben scheint den Chefs schon mal gut zu gefallen. Sie diskutieren rum und wackeln mit dem Kopf. Dann kommt das Mädchen dran. Anima ist in ihrer Videovorstellung noch hübscher als auf dem Stockmaterial, das wir hatten. Und vor allem kommt sie absolut natürlich rüber.

„Hallo, ich bin die Anima und ich hab schon als Baby von einer Filmkarriere geträumt." Sie schüttelt ihr langes, dunkles Haar und lächelt verführerisch. „Ich freu mich auf den Dreh!"

Bei dem Mädchen drehen die Hygron-Typen durch. Sie glotzen mit offenen Mündern und knuffen sich feixend in die Seite. Ich warte nur darauf, dass einer von ihnen anfängt zu sabbern. Widerlich. Geile alte Säcke.

„Wollen Sie noch unsere Alternativen sehen?" fragt Anne.

„Nein, die Entscheidung ist gefallen. Sie haben eine sehr gute Wahl getroffen", tönt die Übersetzerin, aber das ist mir jetzt ziemlich egal. Ich muss kotzen. Ich renne nach draußen, schaffe es aber nicht und entleere mich kurz vor der Türe auf den Teppichboden. Zum Glück hab ich nichts im Magen, sodass nur ein bisschen gelbe Galle im Flor versickert.

„Entschuldigung", stammele ich, alle schauen zu mir. Klar.

Anne ist schon bei mir. Sie zischt: „Das ist sowas von unnötig!"

Weiß ich selber. Aber wundersamerweise geht's mir jetzt besser. Ich könnte wieder an meinen Platz zurückkehren, als wär nix gewesen. Ich könnte schauen, ob sich die Herren für Frau Schmitt als Kassiererin entscheiden. Ich könnte mir die Auswahl der Klamotten für die Schauspieler ansehen und mitentscheiden, welche Farbe die Socken der Kassiererin haben sollen. Und ich könnte mitbekommen, wie unsere Kong King-Interpretation auf die Hongkong-Banker wirkt. Anderseits hab ich dazu überhaupt keine Lust. Außerdem sehe ich, dass ein bisschen von der Galle an meinem schönen, neuen, hellblauen Hemd hängengeblieben ist und dort einen dünnen, dunklen Streifen hinterlassen hat. Geht bestimmt nicht mehr raus, so ätzend wie das geschmeckt hat. So kann ich mich nicht mehr blicken lassen. Ich verspüre den unbändigen Wunsch, zu Hause in der Badewanne zu liegen und vor mich hinzudösen.

Das mach ich jetzt auch. Ich überlege, ob ich mich nochmal umdrehen soll, quasi verabschieden. Soll ich? Nö. Ich mach auf leidend und schleiche zur Tür hinaus.

17
The future is golden.

Anne ist verständlicherweise angepisst.

„Das hättest du dir gestern sparen können", quäkt es aus dem Hörer, „Hugo war auch ziemlich irritiert. Ich hab ihm erzählt, dass du eine Magen-Darm-Sache hast. Was war denn los?"

„Ich war bei Stromi, und plötzlich war da 'ne Party."

„So 'ne Art Flashmob-Party, oder was?" sagt Anne sarkastisch.

„Jedenfalls ist die Sache ein bisschen aus dem Ruder gelaufen", antworte ich, „so was kommt vor, wenn man einsam ist."

Womit ich ihr die Retourkutsche gebe, denn hätte Anne am Dienstag für mich Zeit gehabt, wäre alles anders gekommen.

„Egal", sagt sie, „das PPP ist auch ohne dich gut gelaufen, und in einer Woche geht's los. Wir haben heute um 13 Uhr ein Meeting mit Simon. Er will noch einen Spot machen."

Cool. Es läuft für mich.

„Übrigens haben sie sich für Frau Schmitt entschieden", sagt Anne.

Als ich um Eins in der Agentur aufschlage, ist Simon schon da. Er kommt gerade wild gestikulierend aus Hugos Büro und hat glänzende Augen.

„Crazy, totally crazy, diese Sand City" sagt er. „You Germans seid echt strange."

Über seine Schulter hinweg sehe ich, dass Hugo den Bewässerungspavillon mittlerweile mit einer LED-Beleuchtung versehen hat.

„Was war los gestern, Fritz?", begrüßt er mich.

„Ach, irgendwas mit dem Magen", antworte ich, „es geht schon wieder. Tut mir Leid."

„Come on. Wir machen noch einen Spot!" sagt Simon und haut mir auf die Schulter.

Im Konfi erklärt er uns, dass er zusätzlich die Zielgruppe der Senioren ansprechen will. Ich muss sofort an meinen Vater denken.

„Die Seniors haben viel Kohle und geben viel aus'", sagt Simon, da ist much Potential. Mit einer guten Kampagne und super Konditionen haben wir bestimmt Chancen."

Immer die Alten.

„Das ist ein umkämpfter Markt", sagt Hugo, „wir müssen erstmal untersuchen, wie da unsere Chancen stehen."

„Do it", antwortet Simon. „Wir haben nicht eilig. Erst machen wir den Teenie-Spot fertig."

Hinterher lädt uns Simon zum Essen ins Goldene Rind ein. Prima. Mit dem schillernden Simon in der Öffentlichkeit gesehen zu werden, macht Publicity. Meine Schuhe sind ordentlich gebunden.

Aber das Goldene Rind hat sich verändert. Als wir eintreten, empfängt uns eine Kakophonie aus Wortfetzen. Man fühlt sich wie in einem Flughafentower. Es dauert nicht lange, dann verstehe ich die Fetzen. …KEULE GESCHMORT … LACHSFOR… CHARDONN… BRÜSTCHEN … ACHTZEHN EURO NEUNZ… Der Kellner fragt uns nach unserer Reservierung und geleitet uns zum Tisch. Kaum sitzen wir, kommt der Inhaber auf uns zugestürmt.

„Sie müssen entschuldigen", sagt er, „aber es gibt Probleme mit unserer – äh … Speisenkarte."

Als er Simon erkennt, fällt er beinahe auf die Knie.

„Oh, Mister Han! Das ist mir jetzt ja doppelt peinlich!"

„Was ist denn das für ein Lärm?" ruft Hugo ungehalten.

„Wir haben eine sprechende Speisenkarte!" antwortet der Chef. „Unsere Innovation! Wenn man die öffnet, liest sie die Gerichte vor. Leider kann man die Chips nicht leiser stellen. Und die alten Speisenkarten haben wir weggeworfen."

Interessante Idee, scheiße umgesetzt. Wie so oft.

„Bitte öffnen Sie also Ihre Karte NICHT!" warnt der Chef, „der Kellner wird Ihnen die Gerichte und alles andere nennen."

Nach und nach wird es leiser, und leider dauert es auch ziemlich, bis der Kellner an unserem Tisch erscheint. Es ist der Gleiche von neulich. Mit dem ich noch eine Rechnung offenhabe. Er betet – wahrscheinlich zum fünfzigsten Mal heute Abend – die Gerichte herunter und nimmt die Bestellungen auf. Als ich an der Reihe bin, lasse ich ihn erstmal alle Schnäpse inklusive Herkunftsort nennen, bevor ich ihn mir zur Essenbestellung vornehme.

„Welche Konservierungsstoffe enthält denn die Soße bei dem Hirschbraten?"

„Äh, da muss ich kurz fragen."

„Tun Sie das."

Der Kellner flitzt in die Küche.

„Fritz" zischt Anne, „lass den armen Mann doch nicht so auflaufen!"

„Auge um Auge", knurre ich.

Als der Kellner wieder auftaucht, sagt er: „Keine."

„Danke. Ach, sorry, das habe ich vergessen", sage ich, „ich wollte noch wissen, ob in den Fränkischen Bratwürsten ein Antioxidationsmittel drin ist. Wissen Sie, Antioxidationsmittel, das ist ja heute wie Salz, so oft wie das eingesetzt wird. Da darf man nicht so viel davon."

„Äh, muss ich fragen, Moment." Er flitzt wieder in die Küche.

„Kein … Anti… oxi…dationsmittel", keucht er, als er wieder zurückkommt.

„Gut" sage ich, „dann kann ich ja bestellen."

„Also die Bratwürste?" fragt der Kellner.

„Nö, ich nehme nur einen Salat."

Der Kellner läuft dunkelrot an und trollt sich.

„Dem haben Sie's aber gegeben!" johlt Hugo, „was hat Ihnen denn der Kerl getan?"

„Privatsache" antworte ich.

In meinem Handy poppt eine Nachricht von Trixi auf. Sie schickt mir den Kinospot für die Penispumpe mit der Message „Ab heute im Kino". Gut, dass Anne nicht direkt neben mir sitzt.

Ich stehe auf, und gehe vor die Tür, um mir das Teil anzusehen. Es ist gut gemacht. Ich sehe meinen Vater, wie er, Amanda an seiner Seite, stolz die Penispumpe in die Kamera hält. Ein Off-Sprecher sagt zu schlüpfriger Musik: „Steh deinen Mann. Egal wie alt du bist." Dann folgt ein Geräusch, das man als Stöhnen einer reiferen weiblichen Person interpretieren könnte, bevor die Penispumpe wieder groß auf der Leinwand erscheint, untermalt von dem Gelaber, das ich mir einst aus dem Hirn geleiert habe. Der Spot endet mit meinem Vater, der den Daumen nach oben reckt und meinem Claim: STEH DEINEN MANN. Ich klicke das Video weg und gehe wieder rein. Pfff. Wie erkläre ich das meinem Alten?

Jetzt tickt die Uhr.

„Bist du okay?" fragt Anne besorgt, als ich wieder am Tisch sitze. Ich muss mich zusammenreißen.

„Die Seniors sind unsere Future!" ruft Simon.

Na, ich weiß nicht.

Als wir das Goldene Rind verlassen, geraten wir in ein Blitzlichtgewitter. Super! Wir strahlen alle um die Wette in die Kameras. Simon wird von den Reportern bedrängt – „Mr. Han, wie lange bleiben Sie in Deutschland?" „… Sind Sie noch mit diesem südamerikanischen Supermodel zusammen?" „Was halten Sie vom Sex vor der Ehe?" „Wann übernimmt Hygron die Deutsche Bank?" – Aber er lässt die Pressefuzzis souverän an sich abgleiten, verteilt Handküsse und hält ansonsten die Klappe.

Wir flüchten uns in Simons Mietwagen und düsen davon. Ich komme mir vor wie ein Promi. Und freue mich auf die Fotos in der Zeitung.

18
Es wird ernst.

Am ersten Drehtag weckt mich Meier schon um sechs Uhr morgens.

Ich weiß nicht, ob du das schon realisiert hast, aber heute ist der Tag, an dem du deiner Karriere einen ordentlichen Schubs geben kannst. Da hat der Meier Recht, so habe ich das noch gar nicht betrachtet: Ein Spot, auch wenn's nur ein viraler ist, der gut performt, macht sich im Portfolio hervorragend. Abgesehen davon wird's ja auch einen zweiten geben. Mein Name wird an jeder Ecke stehen. Ruhm und Ehre. Und Groupies. Na ja, zumindest werde ich in einigen Agenturen etwas bekannter werden, die mich dann hoffentlich anfragen. Ich bin extrem zuversichtlich, was meine Zukunft betrifft. Vielleicht sollte ich mir doch die Siebenzoll-Alufelgen gönnen?

In diesem seelischen Zustand steige ich glücklich (denn wer hat schon so ein Auto?!) in meinen voll funktionsfähigen Mercedes Benz 300 SEL 6,3 und cruise zur Location.

Das Studio ist etwas außerhalb. Hinten haben sie schon eine Fake-Kasse aufgebaut und links und rechts Regale, die gerade mit leeren Playstation-Kartons bestückt werden. Die perfekte Illusion eines Elektro-Discounters. Hank Schmitt läuft hektisch auf und ab, was überhaupt nicht zu seinem coolen Auftreten passt. Ben tippt gelangweilt auf seinem Handy rum. Anima, unsere Werbe-Lolita, sieht irgendwie traurig aus.

Ich hol mir einen Kaffee an einem kleinen Stehtisch. Hank steht nervös rauchend da, obwohl ich weiß, dass in Studios Rauchen verboten ist, und schlürft eine Dose Red Bull.

„Anima hat ihre Tage", sagt er.

Was soll ich dazu sagen? Millionen Frauen geht es tagtäglich so.

„Ja, und? Sollen wir den Dreh nach dem Vollmond richten, oder was?"

„Sie sagt, sie ist nicht in der Lage, zu spielen. Außerdem hat ihr Freund mit ihr Schluss gemacht."

Dass eine pubertierende 15-Jährige sich einem Typ wie Hank anvertraut, noch dazu mit so intimen Themen, irritiert mich einigermaßen. Eigentlich ist es mir vollkommen egal, ob das Mädchen menstruiert oder Liebeskummer hat. Sie bekommt Geld, und zwar mehr als ich pro Tag, also mach hin, Mädel. Andererseits: Was will Mann machen? Die weibliche Physiognomie war mir schon immer ein Rätsel, und ich kann einfach nicht beurteilen, welche Unpässlichkeiten eine Monatsblutung verursacht. Ich will es auch nicht wissen.

„Können wir irgendwas anderes drehen?" frage ich.

„Klar, ein paar Close-ups und die Szene mit der Kassiererin und dem Gorilla", sagt Hank. „Aber wir haben ja nur zwei Drehtage, morgen sollte sie schon wieder fit sein."

Am Eingang öffnet sich die Tür und ich sehe Simon mit Anne hereinkommen. Die soll sich mal um die Kleine kümmern.

Aber hinterher kommt noch jemand: mein Vater, Amanda und – Trixi. Mein Alter stürmt so schnell durch die Tür, dass er fast am Rahmen hängenblieb. Und ich bin ganz offensichtlich sein Ziel.

„Du … du … du…" keucht er, „Du hast mich vor allen Leuten lächerlich gemacht!"

„Papa, jetzt wart mal", versuche ich ihn zu bremsen. Keine Chance.

„Jetzt rede ich!" brüllt Papa. „Erst schauen mich meine Freunde so komisch von der Seite an, und dann, wie ich neulich beim Urologen war, ha! Da wusste ich warum! Da liegen nämlich die Flyer! Zu Hunderten! PENISPUMPEN!"

Er brüllt das Wort heraus, so dass alle am Set die Köpfe recken.

„Für so 'nen Schweinkram mache ich jetzt Werbung! Und jetzt auch noch im Internetz und im KINO! Ich kann mich nirgendwo mehr blicken lassen! ICH BIN ERLEDIGT!"

Amanda legt ihm den Arm um die Schulter.

„Hans, beruhig dich doch."

„Ich werde mich nicht beruhigen", schreit mein Vater mit hochrotem Kopf. „Du hast mich belogen, und ich hätte große Lust dich zu …" Ich weiß, jetzt kommt's: „…ENTERBEN!!"

Mittlerweile ist das ganze Filmteam zusammengelaufen und lauscht interessiert dem Disput.

„Können Sie Ihren Streit woanders austragen?" sagt Hank Schmitt.

„Mein Sohn hat mich arglistig getäuscht", schreit mein Alter jetzt auch noch Hank an, „den eigenen Vater vor aller Welt bloßgestellt!"

„Sehen Sie's doch mal positiv", antwortet Hank ganz entspannt, „Sie sind jetzt – oder bald – ein bekanntes Gesicht. Damit lässt sich was anfangen. Vielleicht eine neue Karriere …"

Mein Alter macht große Augen. Das mit der Karriere ist zwar ziemlich weit hergeholt und genauso unwahrscheinlich, aber es trägt zu Beruhigung der Situation bei.

Simon raunt mir ins Ohr: „Das ist dein Vater?"

„Ja, leider."

„Interessanter Mann."

Mir schwant Übles.

Simon drängt sich an mir vorbei. „Herr Geiss, können wir uns einmal unterhalten?"

Ich sehe, dass mein Vater leicht überfordert ist. Erst dieser Typ mit Lederweste und silbergrauem Pferdeschwanz und jetzt ein Chinese mit Strohhut und einem schreiend neongelben Poloshirt, für das man eigentlich eine Sonnenbrille bräuchte, um es ohne Augenschaden ansehen zu können. Leute, bei denen er normalerweise die Straßenseite wechselt.

„Äh …" sagt mein Vater und kneift die Augen zusammen.

„Ich bin Simon Han, Marketingleiter der Hygron Bank in Hongkong."

„Angenehm" sagt mein Vater mechanisch, „Hans Geiss."

„Wir haben da ein neues Projekt in Arbeit, Herr Geiss", sagt Simon. „Eine Credit Card für Seniors. Also für Leute wie Sie. Und wir suchen noch einen – wie sagt man – Protagonisten. Ich könnte mir gut vorstellen, dass Sie dieser Protagonist sein können. Wenn Sie möchten."

Mein Vater blickt zu Amanda und dann zu Trixi (was macht die eigentlich hier?) und dann wieder zu Amanda, die ihm aufmunternd zulächelt und wahr-

scheinlich heilfroh ist, dass sich ihr Hans wieder ein-
gekriegt hat. Er öffnet den Mund, kriegt aber keinen
Ton heraus. Aber nach einigen Sekunden scheint die
Information im Gehirn angekommen zu sein und er
sagt:

„Wenn Sie meinen."

„Great!" ruft Simon, „dann sind Sie unser Mann!
Wir müssen das vertiefen, aber not here."

Er nimmt meinen Vater am Arm und führt ihn sanft
zum Ausgang. „Es hat auch keine Eile, Herr Geiss,
und wir haben ja den Kontakt über Fritz. Aber jetzt",
Simon klopft meinem Alten auf die Schulter, „wir
müssen arbeiten. Wir melden uns bei Ihnen. Auf Wie-
dersehen!"

Mein Vater geht zögernd zur Tür hinaus, gefolgt
von Amanda. Danke Simon! Trixi dreht sich im Gehen
nochmal um und lächelt Simon und mir zu, was
sicherlich auch Anne nicht entgangen ist. Dummerweise sieht sie heute einfach klasse aus in ihrem engen
schwarzen Kleid, auch wenn ich die roten High Heels
ein bisschen übertrieben finde. Geht man so auf einen
Geschäftstermin?

„Wer ist diese Frau?" fragt Simon heiser.

Ich hätte es wissen müssen. Simons Ruf ist ihm
schon meilenweit vorausgeeilt. Da sieht Trixi natürlich ihre Chance. Typisch. Andererseits: Was soll's?
Wenn die beiden zusammenkommen, muss ich Simon
wenigstens nicht mehr in zwielichtige Etablissements
begleiten. Und eifersüchtig bin ich sowieso nicht.

„Trixi Stroh", sage ich, „von der Konkurrenz."

Ich erkläre Simon so kurz wie möglich die Sache mit
der Penispumpe und meinem Alten.

„Strange" sagt Simon und schüttelt den Kopf, „you should have told him."

„Dann hätte er es nicht gemacht."

„Anyway, diese Trixi, ist sie okay?"

Was soll man da antworten?

Da kommt Anne. „Sag mal, ich wusste …"

„Hey", schneide ich ihr das Wort ab, „ich habe keine Ahnung, was diese Frau hier wollte, ehrlich!"

Ich benutze absichtlich nicht Trixis Namen, um die Distanz, die ich mittlerweile zu haben glaube, zu betonen.

„Das muss auf dem Mist meines Vaters gewachsen sein."

Anne lächelt säuerlich. „Klar. Aber das mit deinem Vater ist 'ne harte Nummer."

Wieder so ein ungewolltes Wortspiel. Ich muss grinsen.

„Hat sich so ergeben. Die haben für die Kampagne nicht viel Geld, und mein Alter ist doch die Idealbesetzung, oder?"

„Darum geht's nicht, und das weißt du auch."

„Mann, Anne, ich hab gedacht, da kann nicht viel passieren, weil ich nämlich zufällig weiß, dass mein Herr Vater vor drei Wochen beim Urologen zur Routineunterschung war. Ergo muss er da dieses Jahr nicht mehr hin. Dachte ich. Die Flyer hätte er also gar nicht mitbekommen, das Video genauso wenig. Okay, ich hab nicht damit gerechnet, dass ihm seine Kumpels davon berichten. Und dass er selber nochmal zu seinem Prostata-Doc geht, tja, das konnte ich auch nicht ahnen. Dass er jetzt allerdings in einem Kinospot vorkommt, ist natürlich der Super-GAU."

„Du hättest es ihm sagen müssen", sagt Anne.

„Ja, hätte ich. Andererseits, Hank hat Recht. Vielleicht ist es der Anfang einer großen Werbefilm-Karriere. Ich kenne Pornodarstellerinnen, die Schauspielerin geworden sind …"

„Wen kennst du?" fragt Anne argwöhnisch.

Kacke, ich rede mich schon wieder um Kopf und Kragen!

„Nein, also ich kenn die nicht direkt", antworte ich, „eigentlich kenn ich die überhaupt nicht, was heißt kennen, ich hab das nur so über ein paar Ecken gehört, Kneipenfunk, weißt du?"

„Aha."

„Das war auch nur ein Beispiel: Man muss ja nicht sein Leben lang schlüpfrige Sachen verkaufen. Und wie du siehst, hat's bei meinem Vater ja geklappt. Jetzt macht er in Kreditkarten."

„Warten wir's ab."

19
Um Kopf und Kragen.

„Action!" ruft Hank, und wieder zuckt Frau Schmitt zusammen. Es ist schon der sechste Take, und langsam bereue ich meine Entscheidung. Frau Schmitt ist ganz offensichtlich blutiger Laie auf dem Gebiet der Schauspielerei. Weiß der Geier, wie die bei der Castingagentur reingekommen ist. Jedenfalls ist Frau Schmitt nach jedem 'Action!'-Ruf, der vor dem Dreh erfolgt, erstmal total unsicher und verschreckt.

„Ich muss aber 'Action' rufen, Frau Schmitt", sagt Hank, „sonst weiß ja keiner, wann es losgeht."

Frau Schmitt sagt nichts. Jetzt wird sie auch noch rot.

„Maske!" ruft Hank.

Die Stylistin kommt mit der Puderdose geflitzt.

„Passen Sie auf, Frau Schmitt", sagt Hank, während die Stylistin hektisch auf Frau Schmitts Gesicht herumtupft, „ wir machen das jetzt anders. Wir drehen einfach durch … also ich meine, wir drehen mehrere Takes nacheinander, ohne 'Action'-Rufe, okay?"

Frau Schmitt nickt dankbar.

„Action!" ruft Hank, und Frau Schmitt zuckt planmäßig zusammen. Die Kamera läuft. Jetzt, wo sie weiß, dass so schnell kein weiterer 'Action!'-Ruf zu befürchten ist, wird Frau Schmitt spürbar lockerer.

Das Team hat das Konterfei von Kong King auf ein riesiges Banner plotten lassen und in der Blickrichtung von Frau Schmitt aufgehängt. Die Animation wird später in der Post-Production eingebaut. Frau Schmitt soll erschreckt auf das Bild starren, das ist ihre

Szene. Wie guckt man erschreckt?

„Also Frau Schmitt, sie glotzen den Kong King ja an, als wäre er Godzilla! Der Kong King, das ist ein Netter! Der will nur spielen, Frau Schmitt!"

Ich merke, dass Hank langsam die Geduld verliert.

„Gucken Sie mal positiv erschreckt. Also ungefähr so, als wenn ein nackter Mann aus Ihrer Geburtstagstorte springt."

Frau Schmitt nickt, obwohl sie mit ihren geschätzten Dreiundsechzig an ihrem nächsten Geburtstag sicherlich alles andere als einen nackten Mann als Geschenk erwartet.

Action!

Nach der obligatorischen Schrecksekunde legt sich Frau Schmitt ins Zeug. Sie reißt in schreckhafter Überraschung die Augenbrauen nach oben und öffnet ungläubig den Mund.

Cut!

„Na ja, schon ganz gut, Frau Schmitt, aber wir wollen es nicht übertreiben. Etwas weniger Emotion bitte, dafür mehr Körperspannung", sagt Hank.

Frau Schmitt strafft sich und müht sich nach Kräften ab. Nach weiteren sieben Takes ist Hank endlich zufrieden.

„Danke, Frau Schmitt, bitte bleiben Sie noch ein paar Minuten, wir müssen etwas klären", und dann zu mir: „Hat sich Anne eigentlich mal um das Mädchen gekümmert?"

In der anderen Ecke des Studios ertönt lautes Gelächter. Es sind Anne und Anima. Super! Offenbar hat Anne es geschafft, das Mädchen wieder in die Spur zu heben.

„Da hast du die Antwort", sage ich.

Wenn jetzt alles glatt geht, schaffen wir die kompletten Szenen an einem Tag. Zumindest die, bei denen ich dabei sein will. Dann kann ich morgen den Tag vielleicht mit Anne verbringen. Wir könnten ins Kino gehen. Vielleicht sehe ich den Penispumpen-Spot mit Papa als Star. Das Wetter soll ja schön werden. Wo ist eigentlich Simon?

„Fritz!" holt mich Hank wieder auf den Boden, „dann drehen wir jetzt die Laufszene."

Die Kamera ist auf einer Art Skateboard montiert und folgt den Füßen von Ben und Anima. Anne und ich verfolgen die Szene auf dem Monitor.

„Hast du mit ihr geschlafen?" Annes Frage trifft mich aus dem Nichts. Ich sehe nämlich gerade, dass einer der Schnürsenkel der Chucks, die Ben trägt, zu lang ist und auf dem Boden schleift.

„Äh was?"

„Hast du mit ihr geschlafen?"

„Ich? Äh … mit wem?"

„Du weißt genau, mit wem."

Klar weiß ich das. „Du Tr… Anne, das ist jetzt nicht der Ort, um das zu besprechen. Wart mal kurz – hey Hank!" rufe ich, und habe damit wieder mal super die Kurve gekriegt, „der Ben soll sich mal die Schnürsenkel ordentlich binden!"

Aber Anne lässt nicht locker: „Mit dieser … Trixi."

Anne spuckt den Namen aus, als wäre er giftig und sie könnte ihn keine Sekunde länger als nötig im Mund behalten. Ich muss die Kontrolle über die Unterhaltung zurückgewinnen. Warum sich Meier bloß nicht meldet? Wenn man ihn mal braucht, ist er nicht da.

„Äh, wann meinst du jetzt?" stammele ich.

„Ach, ihr habt sogar öfter? Das wird ja immer besser!" Annes hübsches Gesicht verzieht sich. Wahrscheinlich wird sie gleich weinen.

„Nein, also ja … das heißt, es kommt darauf an …"

Typisch Frau. Würde Anne den Zeitraum, in dem ich eventuelle amouröse Abenteuer hatte, präzise eingrenzen, könnte ich ihr auch eine präzise Antwort geben. Die Frage könnte sich ja auch auf die Zeit *vor* Anne beziehen. *Juristisch gesehen, seid ihr ja noch gar nicht richtig zusammen,* wirft Eddy ein, *natürlich gab es diesen kleinen Ausrutscher neulich, als Anne mitten in der Nacht den Hongkong-Typen präsentieren musste, aber hey* … Genau! Ist es denn meine Schuld, dass sie so wenig Zeit für mich, für uns hat?

„Ach, du machst also ständig mit ihr rum? Hinter meinem Rücken?"

Anne wird laut. Die Leute vom Set gucken verstohlen rüber.

„Mach ich überhaupt nicht, Anne! Trixi und ich stehen – beziehungsweise standen – uns sehr nah. Aber seit ich mit dir fest zusammen bin, läuft da absolut nichts mehr", lüge ich nur ein bisschen.

„Ich glaub dir kein Wort!" schluchzt Anne, „du bist ein Schürzenjäger! Ich habe mich in dir getäuscht."

Jetzt ist die Zeit, meldet sich Meier zurück, und er hat Recht. Die Situation erfordert eine monumentale Aktion. So wie neulich. Nur direkter. Ich falle vor Anne die Knie. Scheißegal, was die anderen von mir denken.

„Anne, willst du meine Frau werden?"

Jetzt ist es raus. Ich erschrecke über mich selber.
Keine Ahnung, was mich dazu getrieben hat. War das
Meier? Eddy schäumt: *Da ist man einmal im Off, und
was macht der Herr? Einen Heiratsantrag! Du! Heiraten!
Bist du komplett bescheuert?*
Auf dem Set ist es mucksmäuschenstill. Alle haben
meinen Antrag gehört. Es gibt Zeugen! Anne ist zur
Salzsäule erstarrt. Sie weint nicht mehr und schaut
verwundert auf mich herunter.

„Hä? Du meinst heiraten?"

„Ja, klar. Wieso nicht?"

Ich warte darauf, dass sie Argumente gegen die Ehe
vorbringt, denen ich dann zähneknirschend zustim-
men kann, und alles ist wieder gut. Damit es authentischer wirkt, schiebe ich noch einen nach:

„Du bist die Frau meines Lebens, und ich möchte
mit dir alt werden."

„Ja, aber …"

„Was aber?" sage ich.

Ich werde langsam nervös. Jetzt müssten eigentlich
die Gegenargumente von Anne kommen, aber nein:
Anne strahlt überglücklich.

„Steh auf, mein Prinz."

Sie küsst mich und haucht mir ins Ohr:

„Ja, ich will."

So war das nicht gemeint und auch nicht geplant.
Die doofen Setleute klatschen und johlen. Ich beginne
zu verstehen, was eine Panikattacke ist. Mir wird be-
wusst, dass mein Leben bald vorbei sein wird. Jedenfalls jenes, das ich bisher genossen habe. *In vollsten*

Zügen, du Arsch, in VOLLSTEN Zügen, nölt Eddy. *In einem Jahr wirst du einen Kinderwagen durch den Park schieben und in zwei Jahren haben wir dann schon keinen Sex mehr.* Kennt man ja. Game over. Mir wird schlecht. Doch es gibt auch Befürworter: *Das war eine äußerst vernünftige Entscheidung,* meldet sich Meier, *eine bessere wirst du nicht finden. Du hast dir jetzt lange genug die Hörner abgestoßen. Nun mach mal 'nen Punkt. Und überhaupt: Es gibt Wichtigeres als Sex.*

Äh, was?

„Hör zu, Anne …", versuche ich nochmal einzuhaken, aber da kommt Hank zu uns rüber.

„Gratuliere, Fritz!" schreit er in einem Ton, als wolle er mir gleich eine reinhauen, „finde ich echt total toll, dass ihr heiraten wollt. Aber kann eure Romanze vielleicht bis heute Abend warten? Wir müssen hier nämlich arbeiten. NEUE SZENE!" Jetzt brüllt er.

Der Spot ist mir komplett egal. Mein Leben dreht sich gerade um hundertachtzig Grad, und ich weiß nicht, ob ich das gut finden soll. Was interessiert mich da ein blauer Gorilla? Aber ich hab diesen Job, also muss ich ran.

Wir drehen die Szene, in der unser Protagonist mit seiner Freundin an die Kasse kommt und die Kassiererin ihn anspricht.

Ben und Anima sind sehr professionell. Die beiden schlendern lässig auf die Fake-Kasse zu, während Frau Schmitt Hanks 'Action!'-Ruf verdaut, bis sie ins Bild kommt. Ben lässt das Paket, dass Anna mit bunten Aufklebern im Stil einer Playstation beklebt hat, elegant auf den Tresen gleiten. Frau Schmitt blafft ihn an: „Willst du King Kong spielen?"

„Cut!" ruft Hank.

„Frau Schmitt, bitte etwas weniger realistisch! Mehr so … fürsorglich."

„Die Stimme geht gar nicht", sage ich, „da hört man ja die Dritten klappern. Und eine Tonlage wie die Hexe von Hänsel und Gretel."

„Und Frau Schmitt," ruft Hank, „Sie brauchen das nicht so sehr rauszuposaunen, wir synchronisieren das sowieso nach."

Ben und Anima starten nochmal durch. Als Ben das Paket auf dem Tresen platziert, säuselt Frau Schmitt: „Na mein Junge, willst du King Kong spielen?"

Sie klingt, wie die Hexe, die Ben und Anima ins Hexenhäuschen locken will.

„Cut! Frau Schmitt, halten Sie sich bitte an den Text!" sagt Hank. „Es heißt: 'Willst du King Kong spielen', klar? Nochmal!"

Frau Schmitt errötet wieder und macht einen erneuten Einsatz der Stylistin nötig. Weiter hinten sehe ich Anne gestikulierend und lachend telefonieren. Wahrscheinlich erzählt sie all ihren Freundinnen, dass sie bald heiraten wird. Wenn ich das meinen Kumpels erzähle – Junge, dann kann ich was erleben … Neuer Take. Diesmal fängt Frau Schmitt an zu weinen, als Ben das Paket ablegt.

„Cut! Was haben Sie denn, Frau Schmitt?" ruft Hank, und ich weiß: Gleich platzt er.

„Ich musste gerade an meinen Enkel denken", schluchzt Frau Schmitt, „den hab ich schon ein Jahr nicht mehr gesehen. Der heißt nämlich auch Ben … und der sieht ihm so ähnlich!"

„Ach was?" brüllt Hank. „Vielleicht rufen Sie Ihren

Enkel ja mal an! Aber jetzt drehen wir hier einen Werbefilm, und da kostet jede Pause GELD. Also bitte etwas mehr Professionalität!"

Frau Schmitt ist mittlerweile von ihrem Kassenstuhl aufgestanden und tätschelt dem verdutzten Ben die Wange. Während Anima auf ihrem Handy herumwischt. Die Situation scheint uns zu entgleiten. Die Stylistin kommt angerannt und übertüncht Frau Schmitts Tränenspuren. Hank klatscht in die Hände.

„So, weiter geht's! Ben, Anima, auf eure Posten."

Hanks Kasernenhofton zeigt Wirkung. Frau Schmitt kommt perfekt rüber. Ben und Anima spulen brav ihr Programm ab. Zu brav.

„Kinder!" ruft Hank, „ich will da ein bisschen mehr Sex sehen! Stellt euch vor, ihr habt gerade Petting gemacht und jetzt freut ihr euch auf 'ne geile Playstation-Nacht. Hey, das reimt sich!"

Anima fängt an zu heulen, was einen weiteren Einsatz der Stylistin erforderlich macht. Wird das heute noch was? Drüben ist Anne immer noch am Telefonieren. Ich und heiraten – ein fataler Gedanke. *Aber einer, an den du dich wirst gewöhnen müssen. Wenn du jetzt einen Rückzieher machst, ist das Annchen weg.* Da hat er sicher Recht, der Meier. *Andererseits gehen dir Tausend hübsche Bräute durch die Lappen,* kontert meine rechte Gehirnhälfte.

Unsere Protagonistin hat sich wieder gefangen und spielt die Freundin jetzt sehr glaubwürdig. Sie schmiegt sich an Ben, als würde sie das jeden Tag tun, und Ben scheint das zu genießen. Doch als wir die Nahaufnahme drehen, in der Anima Ben anhimmeln und „Du bist mein King" hauchen soll, bricht sie wieder in Tränen aus. Mir ist auch zum Heulen zumute, wenn ich an diesen unnötigen Heiratsantrag denke. Aber das juckt hier natürlich keinen.

„Aus, Ende!", schreit Hank entnervt, „wir machen morgen weiter! Geht nach Hause und löst eure Probleme, und lasst mich meine Arbeit machen." Er stiefelt zu mir: „Wir drehen jetzt mit Ben die Closeups. Dafür brauch ich euch nicht. Macht euch 'nen schönen Tag."

Als Anima an uns vorbeischleicht, fasst er sie am Arm: „Baby, sieh zu, dass du auf die Reihe kommst. Entspann dich. Und lass dir von deiner Mutter 'ne Aspirin geben. Oder zwei."

20
Hochzeitsfantasien.

Also ehrlich, seit ich Anne diese unsägliche Frage gestellt habe, ist sie irgendwie noch hübscher geworden. Sie strahlt von innen heraus. Was so ein paar gedankenlos dahingesagte Worte doch alles ausrichten können. Ich kann mich jedenfalls nicht an ihr sattsehen.

„Also das hätte ich dir nie zugetraut, Fritz", sagt Anne mit diesem Strahlen im Gesicht, „ich hätte dich eher als Heiratsgegner eingeschätzt."

Sie nippt an ihrem Kaffee, was irgendwie sexy aussieht. Der Dreh ist gelaufen, und wir sitzen in einem kleinen Café in der Altstadt. Jetzt, um halb sechs, ist nicht viel los. Eine gute Gelegenheit, um einiges klarzustellen.

„Du Anne", sage ich vorsichtig, ich wollte da sowieso mal mit dir drüber reden. Weißt du, die Gesellschaft ändert sich, Konventionen ändern sich, Begriffe ändern sich. Die ganze Kultur des Zusammenlebens …"

„Ja!" strahlt Anne, „wir müssen natürlich eine gemeinsame Wohnung finden, jetzt, wo wir bald Mann und Frau sind!"

„Aber das sind wir doch schon", sage ich, „Karl sagt zu Betty auch ʼmeine Frauʻ , obwohl sie nur seine Freundin ist. Insofern …"

„Hundert Quadratmeter bräuchten wir schon", unterbricht mich Anne, „du brauchst ja ein Büro."

Ich bin zu schwach, ich schaffe es nicht, gegen Annes Euphorie anzukommen. Einen Anlauf mache ich noch: „Ich bin übrigens unfruchtbar. Steril. Ich kann keine Kinder machen."

„Sag mal, freust du dich denn gar nicht?" schaltet Anne plötzlich auf Angriff, „Du hast doch angefangen mit Heiraten. Ziehst du jetzt den Schwanz ein, oder was?"

Vorsicht, ganz dünnes Eis! warnt Meier Mach das jetzt nicht kaputt – für immer! Du hast ihr die Ehe versprochen, das ist Fakt. Und Anne ist perfekt, das ist auch Fakt. Was willst du also mehr? Heirate sie und du hast geile Jahre vor dir. Aber Eddy grätscht dazwischen. Moooment! Heiraten können wir auch noch mit fünfunddreißig, da haben wir noch fast sechs Jahre Zeit. Bis dahin kann viel passieren – und langweilig wird's garantiert nicht. Als Ehemann dagegen vögelst du immer dieselbe. Normalerweise ... Aus Liebe! entgegnet Meier, aus Liebe! Hast du daran schonmal gedacht? Du liebst sie nämlich. Das ist ja sowas von klar!

„Aber so was von", antworte ich, und als ich in Annes verständnisloses Gesicht blicke, schieb ich nach: „Also nicht den Schwanz. Ich liebe dich."

„Geht's dir gut?" fragt mich Anne besorgt auf diese Nonsens-Antwort hin, und ich merke, dass ich jetzt mal was erklären muss.

„Pass auf Anne, ich hab zwei Gehirnhälften ..."

„Ach was, ich auch. So ein Zufall!" sagt Anne und guckt kein bisschen unbesorgter.

„Nein, bei mir ist das anders", versuche ich zu erklären, „meine Gehirnhälften sind ein bisschen speziell."

Gespanntes Schweigen auf der Gegenseite.

„Die sprechen mit mir. Und manchmal antworte ich.

Aus Versehen."

„Du hörst Stimmen?" sagt Anne mit erstickter Stimme und hält sich die Hand vor den Mund. „Das ist ja furchtbar!"

Jetzt könnte man das Heiratsding wunderbar beerdigen spricht Eddy. *Schieb's ruhig auf uns und mach einen auf geistesgestört!* Aber ich habe mich bereits entschieden, dass ich diese Frau behalten will. Auch wenn ich einen hohen Preis dafür zahlen muss.

„Nein, Anne", sage ich mit Märchenonkelstimme, „das ist überhaupt nicht schlimm. Die beiden sind ganz lieb, die befehlen mir nichts oder was auch immer. Das bin ich, quasi im Quadrat. Ich bin nicht schizophren."

Anne schaut mich lange an. Dann sagt sie: „Und was haben deine Gehirnhälften dir eben gesagt?"

„Dass ich dich liebe." Wo bleiben die Geigen? „Und dass ich dich heiraten soll ... äh ... will."

Anne bricht wieder in Tränen aus, Glückstränen, nehme ich an. Ich stehe spontan auf, um zu ihr rüberzukommen und ihr einen Kuss zu geben, bleibe aber leider an der Tischdecke hängen, wobei Annes Milchkännchen umfällt und sich über ihr giftgrünes Seidenkleid (von Givenchy) ergießt. *Wär ja auch zu schön gewesen ...*

„Oh sorry, das tut mir ..."

Aber Anne lacht und weint dabei irgendwie weiter. Sie zieht mich zu sich runter und gibt mir einen Kuss. Während die Milch aus dem Kännchen langsam in das Seidenkleid sickert.

21
Neuigkeiten.

Heute steht mir ein schwerer Gang bevor: Ich muss meinen Jungs von der bevorstehenden Heirat erzählen. Hilft ja nichts. Als ich ins Blech komme, lungern sie schon alle an der Theke rum: Nieno, Fred, Stromi und Hansi.

„Jungs, ich geb einen aus", sage ich.

„Schon wieder?" sagt Nieno, „warum denn diesmal?"

Da kommt Simon durch die Tür getänzelt. Was macht der denn hier? Er sieht aus wie ein Clown. Ich habe das Gefühl, es wird jeden Tag schlimmer. Heute trägt er gelbe Sneaker, eine bunt karierte Hose und darüber ein T-Shirt in grellem Orange. Sicherheit im Straßenverkehr! Und als Krönung einen Tirolerhut auf dem Kopf.

„Was ist denn das für ein Vogel?" murmelt Karl.

„Congratulations", sagt Simon und streckt mir die Hand entgegen.

Mein geschultes Auge erkennt die Jaeger Le Coultre Grande Complication, die er am rechten Handgelenk trägt und für die man locker 250.000 Steine hinblättern muss.

„Ich hab gehört, du willst heiraten? Cool!" sagt Simon.

„Du willst was?" Nieno fällt beinahe das Glas aus der Hand. Ganz offensichtlich hat er unsere Plakataktion neulich nicht ernst genommen.

„Äh Nieno, jetzt wart mal", sage ich, um Zeit zu gewinnen und drehe mich zu Simon. „Simon, das sind meine Kumpels, Leute, das ist Simon."

Ich erkläre kurz, wer Simon ist, aber das Interesse meiner Freunde gilt eindeutig meiner Zukunft.

„Also nochmal" sagt Nieno, „du willst echt heiraten? Die Anne?"

„Äh, ja."

„Du bist ja komplett bescheuert", sagt Fred, „wieso muss man denn heiraten?"

„Das hat sich so ergeben."

Ich wusste, es wird kein einfacher Abend.

„Klar, so eine Frau muss man binden", feixt Simon, „auch wenn das Timing was a bit ungewöhnlich für deinen Antrag. Boys, ihr hättet sehen sollen, wie auf die Knie gefallen ist vor ihr!"

„Du bist echt auf die Knie gefallen? Mann, Mann", stöhnt Fred, „wie romantisch."

Karl stellt fünf Bier auf die Theke. „Heiraten," sagt er und schüttelt den Kopf, „in dem Alter …"

„Jungs, hört zu,", sage ich und überlasse Meier das Steuer, „ich hab mir das echt lange überlegt und ich werde diese Frau heiraten, weil es die beste Entscheidung meines Lebens ist. *Wenn wir uns da nicht mal irren!* Und weil ich ja eigentlich genug Gas gegeben hab in meinem Leben. Irgendwann ist halt mal gut."

„Hör ich da leises Bedauern?" fragt Hansi.

„Durchaus."

„Mann, du bist noch nicht mal dreißig", sagt Karl, „da darf man doch noch nicht heiraten! Wenn überhaupt."

„Jedenfalls sollten wir unbedingt einen ordentlichen Junggesellenabschied absolvieren", meint Nieno, „unter drei Tagen läuft da nix."

„Pufftournee!" kräht Fred, „Ich bin dabei!"

„Apropos, was ist eigentlich mit Trixi?" bohrt Stromi nach. Simon sieht mich plötzlich komisch an.

„Trixi? Was soll mit der sein?" antworte ich. „Da war doch nix."

„Na, mir hast du was anderes erzählt", lacht Nieno, „die war doch scharf wie Bolle auf dich. Wie war das noch neulich in ihrem Büro?"

Man kann nicht oft genug die Klappe halten. Ich weiß nicht warum, aber irgendwie ist es mir peinlich, dass die Jungs in Simons Gegenwart von Trixi erzählen. Schnell das Thema wechseln.

„Tja, Simon, der Dreh ist durch. Ich denke, drei, vier Wochen, dann kannst du was sehen."

„Hast du etwas gehabt mir ihr?"

Jetzt fängt der auch noch an.

„Jaa, mein Gott! Wir hatten mal was, aber nur kurz, das lief nicht. Außerdem muss ich ja bald heiraten."

Aber warum fragt der eigentlich so dezidiert nach? Geht mich nichts an. Andererseits, wenn ich demonstrativ kein Interesse zeige, macht mich das auch verdächtig.

„Warum willst du das wissen?" frage ich mal ganz provokant.

„Trixi und ich – we are one", sagt Simon und sieht dabei irgendwie entrückt aus.

Warum überrascht mich das nicht? „Ja, Glückwunsch!" sage ich. Aber tief drinnen weiß ich: Das ist nicht gut. Gar nicht gut.

„Wo ist es passiert?" frage ich, obwohl es mich eigentlich gar nicht interessiert.

„Well, ich hab sie in der Firma besucht. It was love

at first sight!"

„Schön" sage ich mechanisch, aber ich krieg kein nettes Gesicht dabei hin. Weil ich mir verdammt gut vorstellen kann, wohin diese Verbindung führt.

„Tolle Frau – as you should know!" – er boxt mich in die Seite. „He he."

22
Noch mehr Neuigkeiten.

Anne will so schnell wie möglich heiraten. Ich habe es weniger eilig. Eigentlich dachte ich an einen Termin irgendwann im Frühjahr. Dann hätte ich noch ein halbes Jahr, in dem ich mich mental auf meine neue Lebenssituation einstellen könnte. Vielleicht brauche ich ja auch psychologische Unterstützung? Aber Anne drückt aufs Tempo und hat schon alle Formalitäten erledigt.

„Wir könnten in drei Wochen heiraten", sagt sie.

„Das läuft nicht", sage ich. „Wir sind mit dem Blauen Gorilla auf der Zielgeraden. Da haben wir keine Zeit zum Heiraten."

Super Argument!

Tatsächlich bin ich ordentlich im Stress mit dem Film. Schneiden, Stimmen raussuchen, vertonen, mich mit den Leuten von der Paintboxfirma rumschlagen, weil sie den Shrek-Look nicht hinkriegen, mit Simon über die Musik diskutieren, neue suchen … In zwei Wochen wollen wir Simon den Film präsentieren.

Hugo Neppsteiner kommt ins Büro. „Wir haben eine Einladung zur Eröffnung des Büros der Hygron Bank, also der Marketingabteilung. Simon schlägt vor, den Film dort uraufzuführen."

Einen Scheiß-Werbespot. Uraufführen.

„Ach, endlich", sage ich. „Wo ist denn der Laden?"

„Sie werden's nicht glauben, Fritz: Nicht in Frankfurt, sondern in Aschaffenburg! Im Ahornweg 196."

Ahornweg 196? Das ist doch die Adresse von StrohCom!

Genau, Meier. Langsam kann ich mir denken, was

hier abläuft, aber das behalte ich erstmal für mich.

„StrohCom – ist das nicht die Agentur mit dieser Penispumpe?" fragt Hugo, als er den Wegweiser vor dem Bürohaus im Ahornweg 196 betrachtet.

„Äh, ja" antworte ich, „das fällt mir jetzt auch gerade auf. Komisch."

„Na ja", sagt Hugo, „wir sind ja auch einen Stock höher eingeladen."

Oben angekommen, begrüßt uns Simon eine Spur zu überschwänglich.

„Welcome to my castle!" ruft er, drückt uns Sektgläser in die Hand und Anne einen Kuss auf die Wange.

„Gratuliere zu diesem Typen, Anne! Well done! Schaut euch um, Essen over there, ich muss meine Rede vorbereiten, sorry."

Und weg ist er.

Bei der Einrichtung des Büros hat Geld offenbar keine Rolle gespielt. Hier steht der heißeste Scheiß herum. Die Trends von morgen.

„Hip ist altmodisch dagegen", sagt Anne.

Trotzdem sieht's kacke aus, wie zusammengewürfelt. Egal, ich muss ja nicht hier arbeiten.

Trixi schwebt heran. „Hallo Fritz!"

Dieses Miststück haucht mir einen Kuss auf die Backe, obwohl Anne danebensteht. Dann sieht sie mich erwartungsvoll an.

„Willst du mich nicht vorstellen?"

„Äh, ja, Anne, Trixi – ihr kennt euch ja … äh … schon."

Anne schießt einen todbringenden Blick in Trixis Richtung. „Hugo – das ist Trixi Stroh von … äh … StrohCom, Trixi – das ist Hugo Neppsteiner von

Neppsteiner & Partner."

Die Luft ist elektrisch geladen. Ich registriere, dass Anne die Finger krümmt, wodurch ihre langen, rotlackierten Fingernägel wie Krallen aussehen.

Hugo mustert Trixi und sagt: „Aha, die Dame von der Konkurrenz. Was macht Ihre Penispumpenkampagne?"

„Sie wissen aber gut Bescheid, Herr Deppsteiner", sagt Trixi, und ich wette, sie hat den Namen absichtlich falsch ausgesprochen. „Dank Fritz und seinem Vater kommt die Kampagne hervorragend an."

Sie zwinkert mir zu, die blöde Nuss.

„Und Sie interessieren sich auch für unseren Spot?" fragt Hugo.

„Ach, das weniger", sagt Trixi.

In der Menge entdecke ich zwei ältere Chinesen im feinen Zwirn und erkenne in ihnen die Typen von der Videopräsentation. Ich ziehe Anne und Hugo von Trixi weg, um weiteres Ungemach zu vermeiden und steuere auf die Hygron-Chefs zu. Als sie uns gewahr werden, kommen sie mit ausgebreiteten Armen auf uns zu. Da sehe ich meinen Vater, Amanda im Schlepptau.

„Fritz, mein Bester!" begrüßt er mich aufgekratzt, während Hugo von den Chinesen in Beschlag genommen wird „das ist ja eine tolle Veranstaltung hier!"

Offensichtlich haben er und Amanda schon einige Sektchen intus.

„Lauter interessante Leute! Frau Stroh ist auch da."

Er senkt die Stimme, aber ich bin sicher, Anne kann es hören: „Wär die nichts für dich?"

„Äh nein, Papa", antworte ich, „aber ich wollte dir

sowieso was sagen."

„Du willst heiraten."

„Wie? Woher weißt du das?"

„Ein Vater spürt so etwas."

Pff, dein Vater – als ob der jemals irgendwas gespürt hätte …

„Wer ist denn die Glückliche?"

„Die da, Anne", sage ich und deute auf Anne.

„Ich hoffe, Sie haben sich das gut überlegt", sagt mein Alter.

Anne lacht nur.

„Wo wir grade dabei sind: Ich werde auch heiraten", sagt er.

Das habe ich mir schon gedacht, aber ich tue überrascht: „Du und Amanda? Super!"

„Genau. Deshalb wirst du deine Hochzeit auch selber bezahlen müssen. Meine ist teuer genug."

Wie kaltschnäuzig der Alte sein kann! Ich will gerade so was sagen wie „Hab ich sowieso vor" (obwohl ich es eigentlich nicht vorhatte), als ich Simon über Lautsprecher höre.

„Hallo liebe Gäste, ich begrüße Sie in unserem neuen Domizil. Direkt über unserem neuen Partner StrohCom sind wir extremely flexibel und …"

Den weiteren Text bekomme ich nicht mehr mit. Meine Knie werden weich und in meinen Ohren braust und stürmt es. Kong King ist tot. Meine gesamte Finanzplanung implodiert. Tschüss Alufelgen, tschüss drei Wochen Urlaub in Südfrankreich mit Anne, tschüss Rente. In Zeitlupe – so kommt's mit jedenfalls vor – drehe ich den Kopf und sehe, wie sich Hugo drüben bei den Chinesen an die linke Brust fasst und zusammensackt. Man kann's auch übertreiben. Allgemeiner Aufruhr. Anne rennt zu Hugo, während ich hektisch auf meinem Handy rumtippe und einen Notarzt rufe.

Hugo sieht nicht gut aus. Er ist käseweiß und atmet, als wäre seine Lunge mit Pressluft gefüllt. Anne kauert neben ihm und tupft ihm den Schweiß ab. Einmal Krankenschwester, immer Krankenschwester.

Als der Notarzt mit Anne in Begleitung abgedüst ist, kommt Simon auf mich zu.

„Hey Man, das ist scheiße gelaufen mit Hugo. Hätte ich vorher ihm sagen sollen. Ich hoffe, ihm geht bald gut."

„Simon, kannst du mir verraten, warum StrohCom besser sein soll als wir?" sage ich.

„Nicht besser", antwortet Simon, „es ist einfach praktisch, you know. Hier war ein Office frei. Und ich bin immer close to Trixi. Und außerdem, Fritz: Du bist immer noch dabei. Du bist doch Freelancer, oder?"

„Ja schon", sage ich und frohlocke innerlich, „aber ich darf natürlich auch meine anderen Kunden nicht verprellen. Hugo zum Beispiel."

„Hugo wird Kong King behalten", sagt Simon, „also jedenfalls den Part mit Dialogmarketing. Wir werden eng kooperieren, don't worry."

Das hört sich ja schon deutlich besser an.

„But listen, ich werde immer in der Nähe sein, wenn du arbeitest mit Trixi."

„Keine Sorge, Simon", antworte ich, „mein Bedarf ist gedeckt." Ich hoffe, der von Trixi auch.

Die Aufregung hat sich inzwischen gelegt, und Simon startet nochmal mit seiner Rede durch. Dann wird unser Spot gezeigt. Freundlicher Applaus. Begeisterung sieht anders aus. Sind die Gäste noch von dem Zwischenfall geschockt oder finden Sie den Spot wirklich scheiße? Simon redet sich die Sache jedenfalls schön.

„Die Leute hier haben keine Ahnung von Werbung. Bei Hygron alle finden den Film gut."

Am Büffet treffe ich wieder auf meinen Vater. Er hat sich gerade ein Lachsschnittchen in den Mund geschoben und nuschelt mit vollem Mund: „Hat euff fon mal jemand gefagt, daff ihr einen läfferliffen Fehler in dem Werbefilm gemacht habt?"

„Ach ja? Welchen denn?" frage ich interessiert.

„Daff heift King Kong, nift Kong King. Müffeft du ja eigentlich wiffen, du hatteft ja früher fogar mal fo ein Kuffeltier."

„Das soll so, Papa", sage ich.

Mein Alter kippt den Rest Sekt runter. „Und dann heiß' ich ab morgen Gans Heiss oder was?"

Ich strecke Amanda die Hand entgegen und sage: „Herzlichen Glückwunsch! Wann geht's denn zum Traualtar?"

Amanda lächelt „Am Samstag, dem 30. September", verkündet sie stolz.

„Oh, schon in vier Wochen!"

„Ja, Ihr Vater hat es eilig."

Vielleicht ist sie ja 'ne Erbschleicherin, die Amanda. Sie hat von deinem Erbe gehört, neulich beim Dreh im Palmengarten, und jetzt denkt sie, es gibt was zu holen bei dem Alten. Vielleicht ist sie es, die's eilig hat.

„Quatsch" antworte ich Meier aus Versehen und ernte erwartungsgemäß überraschte Blicke.

„Quatsch, so schnell zu heiraten", korrigiere ich mich, „mein Vater ist doch erst 76." Ich wollte es nicht ironisch klingen lassen, aber genauso rutscht es mir raus. Amanda überlegt sichtlich, wie sie darauf reagieren soll. Da zwickt mich jemand in den Hintern.

Trixi. Klar.

„Na, hast du den Schock überwunden?" haucht sie mir ins Ohr.

„Ich hab damit gerechnet, kein Problem." Mich kriegst du nicht mehr rum, Baby. Trixi drängelt sich noch ein bisschen enger an mich ran.

„Wir bleiben uns ja verbunden."

Und führe uns nicht in Versuchung …

„Wird sich wohl nicht vermeiden lassen."

Ich sehe, wie mein Alter sich mit den beiden Hygron-Typen unterhält, und sie scheinen eine Menge Spaß zu haben. Papa hält sich an Amandas Hüfte fest.

„Simon schätzt dich sehr", sagt Trixi und gurrt dabei wie eine Taube oder so ähnlich.

„Schön für mich."

„Ich schätze dich auch sehr." Trixi berührt meine Hand. Dann fasst sie mir wieder an den Hintern.

Ich muss hier weg.

23
Wat mutt, dat mutt.

Hugo hatte einen Herzinfarkt, der dritte mittlerweile. Aber er wird es überstehen. Muss ihn morgen mal besuchen. Anna ist komplett im Hochzeitsmodus. Sie redet von nichts anderem, und Sex gibt's erstmal auch keinen mehr. Wahrscheinlich erst wieder in der Hochzeitsnacht. Sie muss an so viele Dinge denken, sagt sie, dass sie „so was" nicht mehr tun kann. „Ich bin dann nicht mehr fokussiert, weißt du". *Als würdest du ihr das Hirn rausvögeln,* murrt Eddy. Ich finde es total übertrieben.

„Ich möchte dich natürlich meinen Eltern vorstellen", sagt Anne.

Das habe bereits befürchtet. In solchen Augenblicken muss man cool bleiben, auch wenn's schwerfällt. Also sage ich ganz souverän: „Kein Problem. Wie ist er denn so, dein Vater?"

„Mein Vater ist ein super Typ", sagt Anne, „also als Vater. Wie er als Chef ist, kann ich nicht sagen …"

„Wie Chef, hat der 'ne Firma?"

„Nee, der ist ein hohes Tier bei Jackson & Jackson."

Äh. „Dann ist er ja quasi mein Kunde."

„Dein Kunde? Wieso?"

„Na ja, wegen der Penispumpe. Die ist doch von Jackson & Jackson."

Anne hat sich für meine Penispumpenjob bisher nur sehr peripher interessiert, bestimmt auch wegen Trixi.

„Dann habt ihr ja gleich ein Gesprächsthema", sagt sie. „Ach ja und überhaupt: Mein Vater war auch mal Rallyefahrer, darauf ist er mächtig stolz. Und außerdem sammelt er alte Autos."

Das wird ja immer besser. Langsam fange ich an, mich auf den Besuch zu freuen.

Ehrensache, dass wir mit meinem Benz vorfahren. Das schmiedeeiserne Tor öffnet sich automatisch und ich lasse den Wagen über die Kiesauffahrt knirschend auf das Gelände rollen. Sieht ein bisschen aus wie in Disneyland, zumindest die Villa im Zuckerbäckerstil, die ich am Ende der Auffahrt entdecke. Hätte Anne mir ja mal vorher sagen können, dass ihr Alter so ein reicher Typ ist.

Bestimmt haben Annas Eltern durchs Fenster gelinst, denn als ich den Mercedes vor einer kleinen Halle parke, kommen sie auch schon aus dem Haus geschlendert.

Frau Hügel überreiche ich einen Blumenstrauß aus dem Supermarkt, was man dem Gemüse aber, wie ich finde, überhaupt nicht ansieht. Sie ist eine typische Mutti und mir deshalb spontan sympathisch. Ich ihr offensichtlich auch.

„Was für ein netter junger Mann!" jubelt sie beinahe, nachdem sie den Blumenstrauß etwas komisch angesehen hat. Aber als sie mich anstrahlt, weiß ich, woher Anne das hat.

„Mit Ihnen wär ich auch ausgegangen."

„Sie sind also der Neue", sagt Herr Hügel und schüttelt mir die Hand.

Tolle Begrüßung, aber ich lasse mir nichts anmerken.

„Toller Wagen, den Sie da haben", sagt er und streicht um den Benz herum. „Sechskommadreilitermaschine?"

„Ja" antworte ich stolz, „letztes Baujahr."

„Ich hab so einen in der Garage stehen", sagt Herr Hügel, „allerdings in AMG-Ausführung. Mit 300 PS."

„Die rote Sau?" frage ich aufgeregt, denn ich kenne die Karre aus meinen alten Automagazinen.

„Genau" antwortet Herr Hügel und lächelt. „Sie kennen sich aus. Meinen hat Hans Heyer damals gefahren."

„Cool" sage ich, „Anne hat mir erzählt, dass Sie eine tolle Oldtimersammlung haben."

Herr Hügel ist sichtlich geschmeichelt.

„Ja, ich war ja auch Rallyefahrer. Die meisten Autos, mit denen ich damals unterwegs war, habe ich später gekauft. Die rote Sau ist der einzige, den ich nie persönlich gefahren bin. Aber kommen Sie", sagt er, „wir schauen uns die Kisten mal an."

Er schließt die Tür zur Halle auf, während Anne mit ihrer Mama ins Zuckerbäckerhaus verschwindet.

Ich erblicke ungefähr fünfzehn Autos, allesamt ehemalige Renn- und Rallyefahrzeuge. Ein heiliger Ort, der ehrfürchtig werden lässt. Wer da keine Gänsehaut bekommt? Langsam schreiten wir die Preziosen ab. Zu jedem Auto gibt Herr Hügel seinen Senf dazu. Einige sind sogar noch mit dem Originalstaub der letzten Rallye gepudert. Da hinten steht der Rennmercedes in mattem Rot, mit fetten, dottergelben Felgen und riesigen Halogenscheinwerfern behängt, die wie Glubschaugen aussehen. Er riecht nach Schmieröl, Gummi und Benzin. Zahlreiche Schrammen im stumpfen Lack künden von gewonnenen Rennschlachten. Ich bin ehrlich ergriffen. Dass ich das noch erleben darf! Aber es gibt noch mehr zu sehen. Einen rabenschwarzen '58er Jaguar Mk I in Rallyeausführung zum Beispiel. Geiles Auto. Mit einer riesengroßen Öllache, die unter dem Motor hervor läuft. Das Öl ist ganz hell, also frisch. Hat wohl jemand vergessen, die Ölschraube nach dem Wechsel festzudrehen.

Auch Herr Hügel entgeht die Sauerei auf dem Fliesenboden nicht.

„Dieser Volltrottel von Harald hat die Ölablassschraube nicht festgedreht."

Harald? So heißt mein Automechaniker auch. Hoffentlich ist es nicht derselbe.

„Kommen Sie", sagt Herr Hügel, „gehen Sie schon mal ins Haus. Ich schalte noch schnell die Alarmanlage scharf."

Ich schreite über den Kies die breite Treppe zum Eingang der Villa hoch. Ein livrierter Butler (so hab ich das erwartet) öffnet mir die Tür.

„Guten Tag, der Herr", sagt der Butler und tritt zur Seite. Ich mache einen Schritt auf den cremefarbenen Hochflorteppich und sehe sofort, dass das ein Fehler war. Die Sohle meines Schuhs hinterlässt einen hässlichen, dunkelbraunen Ölfleck auf dem Teppich. Verfickte Scheiße.

„Oh!" sagt der Butler und schaut mich betreten an.

Aber ich wäre nicht ich, wenn ich nicht eine Lösung parat hätte. Zufälligerweise habe ich nämlich vor Kurzem eine Werbung von „Teppich-Doktor" gesehen: Ein kreisrundes Stanzeisen, mit dem man ein Loch aus dem Teppich stanzt, und von einem verborgenen Bereich des Teppichs ein unversehrtes Doppel ausstanzt. Dieses Stück Teppich setzt man in das beschädigte ein – und der Schaden ist nicht mehr zu sehen.

Okay, ein rundes Stanzeisen habe ich natürlich nicht zur Hand, aber quadratisch geht ja sicher auch.

Also sage ich zu dem Butler: „Kein Problem, James."

„Manfred" antwortet der Butler.

„Ok, Manfred, wären Sie so freundlich und mir bitte ein Teppichmesser und etwas Klebstoff besorgen?" *Mach das bloß richtig!* mahnt Meier. Klaro.

Manfred schaut mich mit großen Augen an. Aber er flitzt davon und kommt mit einem Cuttermesser und einer Tube Uhu zurück. Frisch ans Werk! Mit dem Messer schneide ich die schadhafte Stelle perfekt, wie ich finde, heraus und suche mir eine Stelle, wo der Teppich von dem schweren Windfang am Eingang verdeckt wird. *Das andere Stück muss übrigens die gleichen Maße haben!* merkt Eddy an. Das dürfte ja bei meinem Augenmaß kein Problem sein. Ich säbele also aus dem Bereich unter dem Vorhang das exakt gleiche Stück heraus. Und ob ihr's glaubt oder nicht: Das Fitzelchen hat tatsächlich fast die gleiche Größe. Na ja, ein paar Millimeter weniger in der Breite, aber egal. Der Butler sieht mir interessiert zu. Ich klebe es in die Stelle mit dem Fleck und schaue auf mein Werk.

„Was haben Sie getan?" murmelt der Butler.

Gut, ich gebe zu, man sieht es. Das ausgeschnittene Teppichstück ist um einiges kleiner als das ursprüngliche Stück. Außerdem sind die Ränder mit Klebstoff versaut. Den Schaden würde man sogar mit minus zehn Dioptrien bemerken, vor allem hier, am Eingang. Dazu kommt, dass ich natürlich meine verschmutzten Schuhe nicht ausgezogen habe und der Teppich jetzt aussieht wie ein Fußabstreifer im Frankfurter Hauptbahnhof. *Houston, wir haben wir ein Problem,* kabelt Eddy.

Plötzlich steht Anne neben mir.

„Hilf mir!" flehe ich sie an.

„Was hast du denn da gemacht?" Anne ist echt bestürzt.

„Erklär ich dir später, tu was!"

„Herr Hügel kann sehr ungehalten werden", sagt Manfred wie zur Bestätigung.

Anne verschwindet und kommt mit einem kleinen Perserteppich zurück, den sie auf den fleckigen Teppich legt. Danke!

Keine zehn Sekunden später erscheint Herr Hügel. Er betrachtet etwas erstaunt den Läufer. „Schöne Idee, Anne." Dann nimmt er mich am Arm und führt mich in den Salon, wo man offenbar zum Tee gedeckt hat. Stimmt, es ist kurz nach fünf.

Wir haben uns noch nicht gesetzt, da fragt Annes Vater schon: „Wann ist es denn soweit?"

„Wie soweit?" fragt Anne zurück.

„Na ja, du bist doch offensichtlich schwanger", sagt Herr Hügel, „warum sollte man sonst heiraten?"

Siehste, mault Eddy *der Typ sieht das genauso!*

„Wir wollen keine Kinder" sagt Anne, „Fritz ist unfruchtbar."

Das war eigentlich eine Notlüge. Ich hab nur mal interessehalber meine Spermienanzahl checken lassen. Und da sagte man mir, ich hätte ganz schön wenige davon. Dabei reicht doch ein Einziges.

Jetzt guckt Herr Hügel ehrlich enttäuscht. Ich kann ihn verstehen. Da kommt einer daher, kein festes Einkommen, Typ Hallodri, der auch noch seinen teuren Teppich beschmutzt (obwohl, das weiß er ja nicht – noch nicht, denn ich bin sicher, dass Manfred petzen wird!), der kommt also daher und will ihm seine einzige Tochter wegheiraten, ohne seinen sehnlichen Enkelwunsch zu erfüllen.

„Wir lieben uns", sagt Anne.

„Haben Sie denn einen Beruf, junger Mann?" klopft mich Herr Hügel jetzt auf meinen wirtschaftlichen Background ab. Klar, der Papa will wissen, ob sein Töchterchen gut versorgt ist.

„Beruf … na ja", antworte ich, „ich bin freier Texter."

„Welche Branche?" Herr Hügel scheint interessiert.

„Eigentlich alles", sage ich, und um die Kurve zu J&J zu kriegen, schiebe ich nach: „Zurzeit vor allem Medical."

„Interessant", sagt Herr Hügel, „mein Unternehmen beschäftigt sich auch mit diesem Sektor. Wir sind Jackson & Jackson, und ich bin in der glücklichen Lage, dem medizinischen Bereich vorzustehen. Übrigens haben wir da im Gebiet der Fertilität beachtliche Hilfsmittel …"

Der meint deine Unfruchtbarkeit! Ach was.

„… und wir können sogar älteren Menschen mit Hilfe etwa einer Penispumpe …"

„Ferdinand!" zischt Frau Hügel.

„Wieso", antwortet er, „ist doch nichts Anzügliches."

Jetzt ist die Chance!

„Ich kenne mich ganz gut aus mit Penispumpen", sage ich.

Das Ehepaar Hügel schaut mich konsterniert an.

„Ich arbeite für StrohCom, das ist die Agentur, die Ihre Penispumpe vermarktet."

„Sieh an", sagt Herr Hügel, „die Welt ist klein! Mir

gefällt die Kampagne sehr gut, Kompliment! Vor allem den Protagonisten haben Sie hervorragend besetzt!" (Ich will rufen: Das ist mein Vater!, lasse es aber bleiben.) „Ich glaube, das Potenzial ist größer als viele denken. Wir bekommen jede Menge Klicks!"

Aha, er steckt also hinter der Idee mit den Virals.

Frau Hügel nippt an ihrem Tee. „Habt ihr schon einen Hochzeitstermin?"

„Ja, am 30. September", sagt Anne.

30. September? Hätte sie das nicht mit uns abstimmen können?

„Da heiratet doch Papa!" sage ich. „Hättest du mich ja ruhig mal fragen können."

„Du warst mit dem ganzen Gorillakram so beschäftigt", antwortet Anne, aber irgendwie klingt es wie eine Ausrede.

„Ja, die Anne hatte es schon immer eilig", sagt ihre Mutter. „Bei der Geburt war sie auch ruckzuck rausgeschlüpft. Rausgeschossen ist die. Ein unglaublich hässliches Baby."

Anne schickt mir einen belustigten Blick rüber. Aber ich bin verstimmt. Direkt vor oder nach meinem Vater zu heiraten ist eine bizarre Vorstellung.

„Ihr Vater heiratet zum zweiten Mal? Und am gleichen Tag! Wie romantisch!" sagt Frau Hügel

„Ich werde natürlich die Kosten für die Hochzeitsfeier übernehmen, wie sich das für den Brautvater gehört", sagt Herr Hügel, und mir fällt ein Stein vom Herzen. „Die Fasanerie wäre doch ganz schön, was meint ihr?"

Ich knuffe Anne in die Seite. Wir haben nichts einzuwenden.

„Ist natürlich etwas kurzfristig, aber wenn ich da anrufe, lässt sich bestimmt was machen. Für die Einladungen ist es postalisch zu kurz, müssen wir telefonisch machen. Gebt meiner Sekretärin einfach die Telefonnummern eurer Gäste durch."

Da zeigt sich der Konzernlenker. Ich bin beeindruckt.

Offenbar beschränkt sich die Bewirtung auf Tee und Gebäck – was ich mit Erleichterung zur Kenntnis nehme, weil ich woanders nicht so gerne esse – und soll auch nicht allzu lange dauern. Denn als der Gebäckteller leergegessen (hauptsächlich von mir) und der Tee getrunken ist, steht Herr Hügel auf.

„Wir sind zum Essen verabredet, entschuldigt bitte. Aber das Wesentliche haben wir ja besprochen."

Er nimmt mich am Arm.

„Willkommen in der Familie, Fritz. Auch wenn du nicht zur Nachzucht geeignet zu sein scheinst."

24
Bachelorprüfung.

Mann, bin ich froh, dass meine Kumpels den Junggesellenabschied vergessen haben. Darauf hätte ich jetzt, einen Tag vor der Hochzeit, keinen Bock mehr. Stattdessen freue ich mich auf eine vorgezogene Hochzeitsnacht – morgen wird das eh nix. Wir sitzen bei Kerzenlicht auf dem Balkon und trinken Rotwein, schnulzige Musik im Hintergrund. Fast wie in der Werbung. Die Zeichen stehen auf Liebe. Anne hat schon dieses Strahlen in den Augen und streichelt meine Hand. Meine Hose wird eng.

Da höre ich das asthmatische Boxerbrummen von Hansis Ente und kurz darauf einen Pfiff. Ich linse über die Balkonbrüstung, aber Hansi hat mich schon entdeckt.

„Komm runter!" ruft er leise.

„Nur kurz", sage ich zu Anne, nehme aber sicherheitshalber drinnen meine Jacke mit und ziehe mir Schuhe an. Ein weiser Entschluss.

„Steig ein", sagt Hansi, als ich unten bin, und als ich protestieren will, nochmal: „Steig ein."

Widerstand zwecklos. Ich schaue zu meiner Zuschauerin auf dem Balkon und zucke die Schulter.

„Die Trauung ist um halb zehn, denk dran!" ruft sie.

Kaum bin ich eingestiegen, düst Hansi auch schon mit quietschenden Reifen los.

„Wo geht's denn hin?" frage ich.

„Normalerweise müsste ich dir die Augen verbinden", sagt Hansi, ohne meine Frage zu beantworten, „aber ich hab keinen Bock."

Wir fahren auf die A3, Richtung Würzburg. Interessant. Aber ich stelle keine Fragen mehr. Dafür ist Hansi umso redseliger.

„Das wird der Hammer, sag ich dir! Sowas hast du noch nicht erlebt. Der Wahnsinn!"

„So, so", sage ich nur. Ich will mich überraschen lassen.

„Apropos Wahnsinn", sagt Hansi, „wie geht's denn deinem wahnsinnigen Chef?"

„Hugo ist nicht mein Chef. Er ist mein Auftraggeber. Der ist jetzt erstmal vier Wochen auf Reha."

„Und wer schmeißt den Laden jetzt?"

„Na, Anne", sage ich. „Hochzeitsreise fällt vorläufig aus."

Mein Handy klingelt, Simon ist dran.

„Hey Fritz! I called you at home. Du bist nicht zu Hause. Wo bist du, Man?"

„Keine Ahnung", sage ich, „Road to nowhere. Man hat mich entführt."

„Entführt!" gröhlt Hansi.

„Not really, oder?" lacht Simon.

„Nein, Junggesellenabschied."

„Oh, schweres Wort. Last night as a single, right?"

Simon wird geschäftlich. „Pass auf Fritz, der Spot läuft great, und wir sind voll im Plan für die Cards. Jetzt müssen wir pushen. Können wir uns sehen?"

„Na ja", sage ich, „eigentlich wäre ich ja ab morgen auf Hochzeitsreise. Aber wegen Hugo ist das alles ins Wasser gefallen. Insofern …"

„Next week", sagt Simon, „I call you. Have fun, see you tomorrow!"

Simon musste ich natürlich einladen, was den Nachteil hat, dass auch Trixi kommen wird. Es hat mich ziemlich viel Überredungskunst gekostet, um das Anne schmackhaft zu machen.

Bei Weibersbrunn nimmt Hansi die Ausfahrt.

„Ach, du fährst zum Franz in die Spessartruh, stimmt's?" rufe ich beinahe erleichtert. Insgeheim hatte ich nämlich irgendeine Schweinkramtour durch Frankfurt befürchtet.

„Wart's ab", sagt Hansi, aber er hält tatsächlich vor dieser Bauernkneipe. Es ist mittlerweile halb zehn.

Nieno und Fred haben die Spessartruh anscheinend komplett gemietet, denn außer ihnen – und Franz natürlich – ist niemand in der Kneipe. Und so wie sie sich benehmen, sind sie schon etwas länger dort. Fred hat eine Büchse von der Wand genommen und zielt auf das Hirschgeweih über dem Eingang. Als er uns entdeckt, brüllt er „Waidmannsheil!"

„Das hast du dir gedacht, dass du uns ungeschoren davonkommst!" lacht Nieno und schmeißt sich an mich ran.

Als ich wieder atmen kann, stehen vier Blumenvasen auf dem Tisch. Schnapsgläser.

„Hau weg, die Scheiße!" brüllt Fred wieder und kippt den Becher (das ist eigentlich der passendere Ausdruck) in einem weg.

Ich bin da vorsichtiger. Der Abend ist vermutlich noch lang und ich muss ja morgen heiraten.

„Jetzt sag mal, wie seid ihr denn auf diese Spelunke gekommen?" frage ich Nieno.

„Hier sind wir unter uns und können richtig Krach machen", antwortet er und – knaaarz – geht wie auf Kommando die Tür zum Hinterzimmer auf. Ich blicke auf einen brechend vollen Raum. Der engste Kreis gibt sich die Ehre. Ich bin begeistert. I GOT THE POWER wummert es schlagartig aus den Boxen, und ich habe ein Bier in der Hand. Die Party geht los. Here we go! Ich ergebe mich in mein Schicksal und genieße in vollen Zügen. Obwohl ich ständig irgendjemand erklären muss, warum ich heirate.

Vier Stunden später ist die Party so langsam am Abflauen. Ich setze mich ermattet in die Ecke und freue mich auf zu Hause. Zu Anne unter die Decke kriechen. *Mann, du erlebst deine letzten Stunden als Single. Da darf man schon ein bisschen mehr auf den Putz hauen,* mault Eddy. Nö. Muss mir wohl ein Taxi rufen, fahren kann hier keiner mehr.

Da kommt Nieno zu mir. Er hat Fred im Schlepptau.

„Komm mal mit," schreit er mir ins Ohr, „wir müssen dir was zeigen. Und zieh dir was an!"

Ich wuchte mich hoch und schlurfe den beiden hinterher nach draußen.

Bäm!

Da steht eine fette, schneeweiße Stretch-Limousine, die anhand der sexy Beklebung auf den Türen unschwer als Dienstfahrzeug des Paradise zu erkennen ist. Nieno öffnet dermaßen schwungvoll die hintere Tür, dass er fast das Gleichgewicht verliert.

„Bitte einsteigen, der Herr", näselt er.

Wahrscheinlich versucht er, vornehm zu klingen.

„Äh. Ein normales Taxi nach Hause hätte mir auch gereicht", sage ich.

„Wir machen einen kleinen Umweg", höre ich Fred von hinten nuscheln, bevor er mich sanft ins Auto schiebt.

Die Stretch-Limo sieht innen wirklich aus wie ein mobiles Bordell. Alles ist rot, die Ledersitze, auf denen Pornos liegen, der Teppich, der Dachhimmel. Und die Mikrokleidchen der beiden Mädchen, die sich auf den Ledersitzen räkeln. Der Parfümdunst, der mir entgegenschlägt, nimmt mir fast den Atem.

„Für drei hat unsere Kohle nicht gereicht", raunt mir Nieno ins Ohr, „du glaubst nicht, was der Spaß hier kostet!"

„Ich muss doch morgen heiraten!" sage ich, „ich kann das nicht machen!"

„Eben WEIL du morgen heiratest, MUSST du das machen!" zischt Nieno. „Das hier kommt nie wieder. Also halt die Klappe und jetzt rein mit dir."

Mir fehlen die Worte! ätzt Meier *Da ist doch der Absturz schon vorprogrammiert! In weniger als acht Stunden steht du vor dem Standesbeamten!* Mein Handy vibriert, ich sehe Annes Nummer auf dem Display und drücke sie weg.

„Aber es ist doch schon viertel nach zwei!" protestiere ich, während ich neben eine der beiden Mädels gleite, „in weniger als acht Stunden muss ich …"

„Hey Süßer, mach dich locker", unterbricht mich das Mädchen schnurrend wie eine Katze, und reicht mir ein Glas Sekt. Meine Sitznachbarin ist blond, mit den üblichen Schlauchboot-Lippen *Erinnert mich an die Wasserwacht* aber sonst ist sie recht hübsch. Vor allem hat sie ziemlich wenig an, und ihre gemachten Brüste fallen beinahe aus dem tiefen Ausschnitt. Was mich natürlich total hypnotisiert.

„Gefallen sie dir?" gurrt das Mädchen, „kannst sie ruhig mal anfassen."

Oh Mann.

„Äh, ich bin verlobt" stammele ich, „das war jetzt nicht ..."

Ich befürchte, die Fassung zu verlieren. Aber die Kleine schnappt sich meine Hand und legt sie auf ihre linke Brust. Wo sie irgendwie unbeholfen liegen bleibt. *Lass dich gehen,* insuiniert Eddy, der Teufel.

„Hey", sag ich zu dem Mädel, während meine Pfote wie festgetackert auf ihrer Brust liegt, „geh mal rüber zu meinem Freund Nieno, der freut sich bestimmt."

Ich bin fast ein bisschen stolz über meine Standhaftigkeit. *Blödsinn,* kann ich Eddy beinahe physisch hören, *das war Feigheit. Du hast die Ausfahrt verpasst. Depp.*

So wie Nieno und Fred mit Mandy und Candy – die Namen hab ich mittlerweile mitbekommen – durchstarten, wären sie jetzt sicher gern mit ihnen allein. Die Mädchen stöhnen, was das Zeug hält. Kann ich ihnen auch nicht helfen. Wir fahren auf der Autobahn gen Frankfurt, wie ich befürchtet habe. Es gibt kein Zurück. Ich blättere aus Langweile ein Pornoblättchen durch und lasse mir die Flasche Champagner schmecken.

Mein Handy klingelt wieder. Anne. *Da musst du jetzt rangehen,* mahnt Meier.

„Wo bist du?" zischt es aus dem Hörer.

In einer Stretch-Limo und schaue meinen Kumpels beim Vögeln zu. „Äh, wir sind auf der Autobahn Richtung Heimat, aber wir haben eine Panne", fällt mir passenderweise ein. Danke Eddy.

„Weißt du, wie spät es ist?" Ein Vorgeschmack auf das Eheleben.

„Ich bin bald zu Hause, Schatz", lüge ich.

„Was sind denn das für Geräusche", fragt Anne argwöhnisch. Klar, das Stöhnen meiner Mitfahrenden ist nicht zu überhören.

„Das sind Nieno und Fred", sage ich, „die schieben unser Auto. Ist ganz schön schwer, was, Jungs?"

„Das sind doch Frauen! Ich höre Frauen!"

„Ja, äh, wir haben da zwei Anhalterinnen … Seid doch mal still!" rufe ich den Sexpartnern zu. „Also, das sind Anhalterinnen, Schatz, kein Problem."

Als wär das eine Begründung! Ich muss die Kurve kriegen. „Du, Schatz, mein Akku ist bald leer. Mach dir keine Sorgen. Wir sehen uns morgen früh!"

Und drücke sie weg. Puuh.

Irgendwann gibt es eine harte Erschütterung und ich schrecke hoch. Nieno und Fred gucken wie … na, wie man eben guckt, wenn man beim Sex gestört wird. Die Trennscheibe surrt herunter. Wir werden langsamer.

„Scheiße", sagt der Fahrer, „Motor."

Ist das jetzt 'ne self fulfilling prophecy? Er steigt aus und macht die Motorhaube auf. Durch die geöffnete Trennscheibe sehe ich, dass wir kurz vor der Ausfahrt zur Raststätte Weiskirchen sind.

Als der Fahrer nach ein paar Minuten zurückkommt, sagt er: „Nix zu machen, keine Ahnung, was die Karre hat. Aber wir sind ja nur noch 50 Meter von der Raststätte entfernt. Da könnt ihr mich doch schieben, oder?"

Klar können wir schieben. Nur Mandy und Candy mit ihren spagettidünnen Highheels nicht.

In der Raststätte ist morgens um halb vier wenig los.

Eigentlich. Denn im hinteren Teil haben es sich fünf gröhlende Rocker bequem gemacht. Außer uns sind sie die einzigen Gäste. Klar, dass wir da auffallen, vor allem mit Mandy und Candy, die wackelnd über die Fliesen stöckeln. Mit praktisch nichts an. Nicht nur Rocker würde dieser Anblick erregen. Aber Rocker werden aktiv.

Zunächst pfeifen sie nur und rufen die üblichen anzüglichen Dinge. Dann steht einer langsam auf und schlendert an unseren Tisch. Er lässt sich schwerfällig auf einen Stuhl fallen und glotzt unsere beiden Mädels an. Er hat einen Vollbart und fettige, schwarze, lange Haare. Irgendwo hab ich den schon mal gesehen.

„Kann man euch zwei Süßen mieten?"

„Da müsste ich erst mal in der Zentrale fragen", meldet sich der Fahrer.

„Halt die Klappe", sagt der Rocker, „ich hab die Beiden gefragt. Also, wie sieht's aus?"

Mandy und Candy sind in Erwartung eines Gangbangs mit fünf Rockern verständlicherweise nicht begeistert. Sie schauen sich an, verängstigt. Da fällt es mir wieder ein.

„Klausi?" sage ich.

Der Rocker sieht mich an. Erst misstrauisch, dann grinst er. „Hey Fritz! Machst'n du da?"

Mein alter Grundschulkumpel Klausi. Irgendwie hat er sich nicht verändert. Wenn man sich den Bart und die langen Haare wegdenkt.

„Ich bin nur auf Durchreise. Nach Hause."

„Ach, wohnste jetzt in Frankfurt?"

„Das ist ein bisschen kompliziert."

„Geht mich auch nix an", sagt Klausi, „mich interessieren bloß eure Frauen. Was ist?"

„Ich glaub', da läuft heute nix", sage ich mutig.

Klausi schaut mich ernst an. „Du stehst unter meinem Schutz. Für die anderen kann ich nicht garantieren."

Dann schaut er nach hinten und hebt den Arm. Die anderen Rocker stehen auf, packen sich die Stühle und fangen an, auf die Tische, Lampen und alles, was so herumsteht, einzudreschen. Ein Höllenlärm. Die Mädels kreischen, Nieno, Fred und der Chauffeur werfen sich auf den Boden. Als die Glastheke splitternd zu Bruch geht, geht schlagartig das Licht aus und eine Sirene fängt an zu heulen. Die Rocker scheint das aber nicht zu stören. Sie kloppen weiter das Mobiliar kaputt und arbeiten sich langsam zu uns vor. Die Situation hat etwas Apokalyptisches. Aber seltsamerweise habe ich keine Angst. Etwas Längliches fliegt auf mich zu, und ich fange es instinktiv auf. Ein Stuhlbein. Plötzlich werde ich von grellen Scheinwerfern geblendet. Eine Rauchwolke schießt in den Raum und meine Augen tränen. Dann knallt etwas gegen meinen Kopf. Und ich bin weg.

Ein riesiger blauer Gorilla packt mich und trägt mich fort. Er ist so groß, dass ich locker in seine Pranke passe. Der Gorilla klettert einen steilen Berg bis zum Gipfel hoch und mir wird schlecht. Dann sind wir plötzlich in einer Höhle und ich entdecke Simon in der Ecke. Er winkt mit einer Kreditkarte. Der Gorilla schmeißt mich in die Ecke, als wäre ich ein Stück Holz. Mein Rücken schmerzt.

Ich erwache auf der Pritsche in einer Gefängniszelle. Die Tür steht offen, gottseidank! Ich schaue auf meine Uhr. 8 Uhr 30. Gestern war Freitag. Heute ist Samstag. Der 30. September. *Ich will ja nicht drängen, aber du heiratest in einer Stunde,* meldet sich Meier.

Scheiße!

Wie von der Tarantel gestochen, schieße ich hoch und stürme aus meiner Zelle. Halb neun! Beinahe stoße ich mit einem Uniformierten zusammen.

„Na, gut geschlafen?" brummt der Polizist.

„Äh, egal, es ist nur so, dass ich in einer Stunde heirate und ganz, ganz schnell nach Aschaffenburg muss!"

„Nun mal langsam, es steht der Verdacht des Widerstands gegen die Staatsgewalt im Raum", wird der Polizist plötzlich förmlich, „immerhin hatten Sie ein Stuhlbein in der Hand."

„Ja schon, aber das ist mir zugeflogen!"

„Zugeflogen, aha."

„Ja, das flog auf mich zu und ich hab's aufgefangen. Bevor es mich trifft. Wir wurden angegriffen!"

„Sie behaupten also, nicht Teil der Rockerbande gewesen zu sein?"

„Natürlich nicht! Seh ich so aus? Hab ich eine Kutte oder so was an?"

„Jetzt werden Sie mal nicht patzig", sagt der Polizist. „Wissen Sie was? Ich nehme Ihnen das sogar ab."

„Na, da bin ich aber froh!"

„… Aber trotzdem müssen wir noch Ihre Aussage aufnehmen."

Während er meine Erlebnisse in den Rechner hackt, sagt der Polizist: „Ihre Begleiter haben wir heute

Nacht nach Hause gefahren. Also fahren wir Sie natürlich auch zurück nach Aschaffenburg."

Davon bin ich eigentlich ausgegangen. Die Polizei, dein Freund und Helfer und so. Trotzdem muss ich natürlich Dankbarkeit demonstrieren.

„Super! Nett von Ihnen. Wann können wir fahren?"

25
Just in time

Um 9.15 Uhr treffen wir in Aschaffenburg ein. Eigentlich Zeit genug, um … Ich dirigiere das Bullenauto zuerst zu mir nach Hause, wo ich mich in drei Minuten umziehe. 9.24 Uhr: Von meiner Wohnung aus zum Rathaus sind es fünf Minuten mit dem Auto. Wenn die Straßen frei sind. Dies ist heute leider nicht der Fall. Um 9.28 Uhr stecken wir im Landingtunnel fest. Ich fange an zu schwitzen.

„Können Sie nicht mal Blaulicht anmachen? Es ist Gefahr im Verzug!"

Der Polizist schaut mich an, als wollte er etwas sagen, aber dann legt er einen Schalter um. Mit Tatütata geht's raus aus dem Tunnel und auf der Gegenfahrbahn mit Karacho bis vor zur Dalbergstraße. Er holt alles aus der Kiste raus. Scheint ihm Spaß zu machen, mal den Dicken zu markieren. Die Karre wackelt wie nix. Ich dachte, Bullenautos wären immer diese Spezialanfertigungen, mit denen man zehn Meter weit durch die Luft springen kann und solche Sachen.

Mein Handy klingelt.

„Hallo Fritz, stör ich?" quäkt Hugo aus dem Hörer. „Wollte mich nur mal melden und Ihnen …"

„Da rechts hoch!" schreie ich, und wir driften die Dalbergstraße hoch.

„Hugo", keuche ich ins Telefon, „jetzt ist es grade schlecht", und drücke ihn weg. Das muss jetzt warten.

Mit quietschenden Reifen, Sirene und Blaulicht hält das Polizeiauto am Stiftsbrunnen. „Danke" sage ich zu dem Polizisten und schüttele ihm die Hand.

„Viel Glück!" sagt er noch. Wie meint er das?
Dann raus. *Stelle dich der Verantwortung!*

Man kann sich vorstellen, dass meine Ankunft für einige Aufmerksamkeit sorgt. Ich bin quasi der Star, alle glotzen mich an. Eigentlich wäre jetzt ein wenig Applaus angebracht. Im Film würde Anne ohnmächtig werden. Aber in der Realität steht sie einfach nur mit offenem Mund da und heult. Ich würde auch gern heulen, dann bekämen meine furztrockenen, harten Kontaktlinsen mal ein bisschen Flüssigkeit. Seit über 24 Stunden hab ich die jetzt in den Augen. Es reibt wie Sandpapier und sehe wie durch Nebel. Aber es hilft ja nichts. In ihrem weißen Kostümchen sieht Anne wahrscheinlich zum Niederknien aus. Doch das ist jetzt leider sekundär.

„Anne, ich kann dir alles erklären."

„Du hast zwei verschiedene Schuhe an."

Ich seh an mir runter und versuche die Schuhe zu fixieren. Immerhin sind sie beide schwarz. Soweit ich das von hier oben erkennen kann.

„Was hast du angestellt?"

„Lass uns erstmal heiraten, dann erzähl ich dir alles, versprochen", sage ich, nehme sie in den Arm und lasse die Blicke schweifen. Meine Kumpels sind da, Annes Eltern, Simon (mit Trixi), irgendwelche anderen Leute. Mein Vater ist auch da. Er unterhält die halbe Hochzeitsgesellschaft und erzählt wahrscheinlich von irgendwas Großartigem, das ihm widerfahren ist. Zum Beispiel, dass er auf seinen alten Tage nochmal Filmstar wird.

„Hat mein Vater schon geheiratet?"

„Ja", schluchzt Anne, „er war ziemlich sauer, dass

du nicht da warst. Wieso hast du in diesem Polizeiauto gesessen?" Anne lässt nicht locker.

„Das war so 'ne Art Taxiservice, weil ..."

Zum Glück kommt just in time Nieno angeschwänzelt. Mein Retter in der Not.

„Hey, starker Auftritt, Alter", sagt er und haut mir auf die Schulter, „uns haben sie ja bei Nacht und Nebel hergebracht. Hat leider keiner mitbekommen. Hast du echt in 'ner Zelle gepennt?"

Anne macht große Augen.

„Ja", antworte ich, „aber die Tür war offen."

Das Trauzimmer ist brechend voll. Der Standesbeamte schwadroniert von der Ehe und verbreitet Platitüden. Ich kann den Mann kaum sehen, weil meine Linsen mittlerweile komplett trübe sind.

„Du stinkst nach Alkohol", zischt mir Anne zu, während der Typ weiterlabert.

Ja, und Hunger hab ich auch. Überhaupt könnte ich mir einen besseren Zeitpunkt zum Heiraten vorstellen als gerade jetzt. Augen zu und durch. Ich lehne mich zurück und lächle verbindlich. Während mein Magen laut und vernehmlich knurrt. Wann habe ich eigentlich das letzte Mal was gegessen? Mann, hab ich einen Hunger!

„Sind Sie, Fritz Geiss, bereit, die anwesende Anne Hügel zur Frau zu nehmen?" reißt mich der Standesbeamte aus den Gedanken.

Letzte Chance! mahnt Eddy, *willst du das wirklich tun?*

„Äh, ja."

Zack. So schnell ändert sich das Leben.

Der Standesbeamte schiebt mir ein Formular zum

Unterschreiben zu, und ich suche mit trübem Blick die Zeile, wo mein Name hinsoll. Da fällt mir ohne Vorwarnung die Kontaktlinse aus meinem rechten Auge und kullert auf das Heiratsformular. Der war's wohl endgültig zu trocken. Sofort sehe ich klarer. (Ich kann nämlich ohne Sehhilfe auf zwanzig Zentimeter messerscharf sehen, nur so nebenbei.) Der altmodische Kugelschreiber kreist über dem Papier. Ich zögere. *Das hier ist unwiderruflich!* meldet sich Eddy schon wieder. *Das Joch der Ehe!* Scheiß drauf. Ich kneife mein linkes Auge zu und besiegle mein Schicksal mit meiner Unterschrift. Dann steck ich mir die Kontaktlinse in den Mund. Wie gut, dass ich schon Ja gesagt habe.

Annes „Ja" kommt klar und bestimmt und – zack! hat sie auch schon unterschrieben. Frauen sind da entschlossener. Natürlich wählt sie einen Doppelnahmen – Geiss-Hügel. Ihre Entscheidung. Sie strahlt mich an und beugt sich zu mir rüber, um mich zu küssen.

Obacht, deine Kontaktlinse! warnt Meier. Hätte ich fast vergessen.

„Moment", sage ich zu Anne, hole die Linse aus dem Mund und pappe sie mir wieder ins Auge. Anne guckt mich groß an. *Kann das denn einmal glattgehen bei dir?* nölt Eddy. Ich merke, dass alle gespannt auf den traditionellen Kuss warten. Jetzt aber. Schmatz! Wir sind Mann und Frau.

Beim Verlassen des Standesamtes liegt so viel Reis auf dem Boden, dass ich beinahe ausrutsche und mich Anne gerade noch halten kann. Wir lassen die Ovationen über uns ergehen, und ich werde von unzähligen weiblichen Mündern abgebusselt.

Meinen Mercedes hat Anne echt stilvoll dekorieren lassen. Obwohl das spießige Blumenbukett eigentlich überhaupt nicht zum klassischen Erscheinungsbild meines Kleinods passt. Nieno darf das Brautauto fahren, daneben sitzt Fred, der mit blondem Zwirbelbart, Sonnenbrille und schneeweißem Anzug aussieht wie General Custer auf Entzug.

„Hat schon was, so ein Rockertreffen, he?" sagt Nieno, als wir langsam losfahren.

Das ist die Initialzündung. Wir plappern alle drei auf einmal los. Die Erlebnisse müssen besprochen werden, angestauter Stress bricht sich Bahn, alles muss raus. Vielleicht drei Minuten reden wir so durcheinander, und Annes Augen werden immer größer.

„Ihr habt euch mit Rockern geschlagen?" schreit sie, um uns zu übertönen.

Stille.

„Pass auf Anne, das war so", sage ich, Meier vertrauend. „Hansi hat mich nach Weibersbrunn gefahren, wo die Jungs 'ne Riesenparty für mich veranstaltet haben. Schade, dass du nicht dabei warst. Tja und dann sind wir nach Frankfurt gefahren, …"

„Was wolltet ihr in Frankfurt?"

„Das ist unwichtig", antworte ich, „jedenfalls hatte Nienos Auto auf dem Rückweg einen Motorschaden."

„Nieno hat doch überhaupt kein Auto?" sagt Anne argwöhnisch.

„Äh, hat er sich geliehen,", sage ich.

„Eigentlich ist auch nur der Keilriemen gerissen", sagt Nieno vorne.

„Jedenfalls war die Panne zum Glück kurz vor der

Raststätte Weiskirchen, wo wir die Karre dann hingeschoben haben."

„Aber da waren doch auch Frauen dabei?"

„Ach so, ja, die Anhalterinnen, zwei Krankenschwestern aus Aschaffenburg, die in Frankfurt arbeiten und ihren Zug verpasst haben. Nette Mädels!"

Ich weigere mich, weiter zu assistieren. Das geht zu weit! empört sich Meier.

Fred kichert, der Arsch. „Und in der Raststätte haben wir dann die Rocker getroffen", ergänzt er, „die haben dann Krach angefangen und der Pächter hat die Bullen gerufen."

„Ich hab mich gleich flach auf die Erde gelegt", sagt Nieno, dieser Schisser.

„So viel Zeit hatte ich gar nicht", sage ich, „plötzlich flog dieses Stuhlbein auf mich zu und ich hab's gefangen. Dann haut mir einer auf den Schädel. Und das war's dann."

„Du Armer!" Anne streicht mir über den Kopf.

Ich klopfe mir innerlich auf die Schulter.

26
Brautsuche.

In der Fasanerie tummelt sich illustres Hochzeitspublikum. Annes Vater hat die Haute Volée des Rhein-Main-Gebiets eingeladen. Jedenfalls sehen die Gäste alle ziemlich reich und wichtig aus. Meine Kumpels wirken dazwischen wie Paradiesvögel, nicht nur Fred mit seinem General Custer Auftritt. Nach dem – vorzüglichen – Essen werden zahlreiche Reden gehalten, die meistens von Beziehungen zu Annes Vater handeln. Irgendwie fühle ich mich fremd hier. Das soll unsere Hochzeitsfeier sein? Meine Kontaktlinsen sind auch schon wieder furztrocken und mein rechter Schuh drückt. Sollte ich mich betrinken?

„Sag mal, hast du dir das so gedacht?" frage ich Anne leise, während irgendein Wirtschaftsweiser palavert.

„Was?"

„Na, die Fete hier. Hab ich mir irgendwie anders vorgestellt."

„Mein Vater bezahlt das Fest", antwortet sie, „da muss man eben Kompromisse machen. Ich hab mich schon ganz gut unterhalten. Das solltest du auch tun. Hier gibt's auch jede Menge Medienleute."

Mich gut unterhalten? Mit diesen Schnöseln?

„Komm, lass uns abhauen", sage ich.

„Spinnst du? Die Feier hat doch grade erst angefangen!"

„Ist mir egal. Mir gefällt es hier nicht."

Anne lässt mich einfach stehen. Unverschämtheit. Ich schaue mich um und entdecke, dass Simon und

Trixi Kurs auf mich nehmen. Na ja, Hauptsache, die Zeit vergeht.

„Glückwunsch, Fritz", haucht mir Trixi ins Ohr und streicht mir über den Hintern, „hast du schon bemerkt, dass du zwei verschiedene Schuhe anhast? Und auch sonst siehst du ziemlich fertig aus."

Die kann mich mal. Obwohl, das mit den Schuhen ärgert mich schon.

„War wohl eine richtige Entführung, gestern Nacht?" feixt Simon.

Ich habe absolut keine Lust, die ganze Story nochmal zu erzählen (also die Fassung für Anne, wobei ich die Krankenschwestern rauslassen würde – wenn ich die Story erzählen würde, was ich ja nicht tue), also sage ich einfach: „Ja, so ein Junggesellenabschied ist immer hart."

„What happened?" bohrt Simon nach.

„Sex and Drugs and Rock 'n Roll", antworte ich, und ich finde, das fasst es ganz gut zusammen.

„Fritz, ich möchte dir jemanden vorstellen", sagt Simon und zieht mich zu einem Tisch.

Da sitzt ein Typ mit einer Sonnenbrille, wie sie früher Ion Tiriac getragen hatte. Den mochte ich noch nie, und auch der Typ am Tisch kommt mir unsympathisch rüber. Er heißt Freddy Stadler und hat eine große Werbeagentur in München, sagt er. Ob ich mir vorstellen könnte, in München für ihn zu arbeiten?

„Ich habe Ihren Kong King Spot gesehen. Alle Achtung, sehr professionell."

„Danke", antworte ich. Gelobt zu werden ist mir irgendwie immer peinlich.

„Wir könnten große Dinge zusammen bewegen.

Stadler Communications war dieses Jahr für 'nen Löwen in Cannes nominiert. Ich bringe Sie groß raus, Fritz, Sie haben Potenzial. Was Simon mir da so berichtet …"

Hm, da könnte man echt ins Grübeln kommen. Aber in München gibts keinen Apfelwein. Die Wohnungen sind sauteuer. Und was soll mit meinen Kumpels werden? *Du Landei,* ätzt Eddy, *da hast du einmal die Chance, aus diesem Provinznest rauszukommen, und dann ziehst du deinen Schwanz ein.*

„Freddy", sage ich selbstbewusst, „ich werd's mir überlegen. Heute wird erstmal Hochzeit gefeiert."

Freddy will gerade was antworten, da tritt Hansi zu uns an den Tisch. Anlässlich meiner Hochzeit hat sich Hansi echt in Schale geworfen. Er hat sogar eine Art Sakko an, und der Gürtel ist ein echter, nicht nur ein Spanngummi!

Er raunt mir ins Ohr, aber so, dass es der Agenturfuzzi hören kann: „Sir, der jamaikanische Botschafter möchte Sie sprechen."

Sehr gut. Ein Joint wird mich auf andere Gedanken bringen. Hinter Freddys Verlaufsglas-Sonnenbrille ist nichts zu entdecken, aber ich vermute mal, dass ihm in diesem Augenblick fast die Augen rausfallen.

Draußen ist es längst dunkel geworden. Die Zeit fliegt nur so dahin. Auf dem Parkplatz wartet Stromi mit einem brennenden Joint auf uns. In der Hosentasche vibriert mein Handy. Hugo schon wieder.

„Hallo Fritz, sorry wegen vorhin. Wusste nicht, in welch gefährlicher Mission Sie unterwegs waren."

„Ist schon ok", sage ich, „es ist nur …"

„Ich wollte Ihnen ja auch nur zur Vermählung

gratulieren", unterbricht mich Hugo, „leider kann ich nicht dabei sein."

„Wie geht's Ihnen denn?" frage ich pflichtbewusst.

„Man hat mich in so ein Sanatorium– nee, heute sagt man ja Reha – gesteckt. Am Arsch der Welt. Da soll ich jetzt rekonvaleszieren. Mir ist furchtbar langweilig"

„Na ja", sage ich", „mit Anne haben Sie ja eine gute Vertretung." Auch wenn deshalb unsere Hochzeitsreise ins Wasser fällt. „Jedenfalls wünsche ich Ihnen gute Besserung, Hugo."

Hugo hat gemerkt, dass er nervt und legt beleidigt auf. Kann ich jetzt aber keine Rücksicht drauf nehmen, denn ich habe plötzlich eine komische Ahnung.

„Wo sind denn Nieno und Fred?" frage ich meine Kiffkumpane. Stromi und Hansi gucken angestrengt neutral aus der Wäsche.

Und wo ist eigentlich Anne?

„Sagt mal, die haben Anne nicht entführt, oder?"

Ich merke, wie ich von Stresshormonen geflutet werde. Der Joint war ein Ablenkungsmanöver! Eine Falle! Man will mich schwächen, damit ich den Entführern nicht hinterherjagen kann. Aber nicht mit Commander!

„Stromi, kannst du noch fahren?" frage ich Stromi streng.

„In einem Land ohne Polizei, immer. Gib mir die Schlüssel."

Natürlich ist das Blech unser erstes Ziel. Jäger schleppen ihre Beute zunächst in bekannte Gefilde.

Wobei wir ja jetzt die Jäger sind. Im Blech ist mal wieder nichts los, Karl steht fast allein hinter der Theke. Von der Braut keine Spur. Ehrensache, dass wir trotzdem ein Bier trinken (Stromi nur ein kleines, der muss ja noch fahren). Im Blech rufe ich Annes Handy an.

Nieno geht ran, klar.

„Na, dass du dich mal meldest. Wir sind schon halb besoffen hier!" quäkt es aus dem Hörer.

„Wo seid ihr?"

„Ha ha, das würdest du gerne wissen, was?" Ich kann förmlich sehen, wie Nieno sich in seinem Vorteil suhlt. „Kleiner Tipp: Wir sind am Wasser", sagt er.

„Ich möchte mit Anne sprechen", sage ich. Das macht man in Entführungsfällen immer so. Mit der Geisel sprechen heißt: Sie lebt.

„Hallo Hasi", sagt Anne, „ich darf nicht sagen, wo wir sind, aber mir geht's gut. Mach dir keine Sorgen."

Hasi. So hat sie mich erst einmal genannt. Mir wird warm ums Herz.

„Ich liebe dich!" schreie ich ins Handymikro, „und ich werde dich finden!"

„Fritz, das reicht", tönt Nino aus dem Handy und legt auf.

Wasser! Welche Kneipe liegt am Wasser? *Jede Menge Kneipen liegen am Wasser, Depp.* Der Informationsgehalt von Nienos Aussage ist nicht besonders hoch. Wir fahren runter an den Main. Am Theoderichstor liegt der Rote Kopf. Naheliegend, weil beliebt. Aber auch hier: Fehlanzeige. Ich ruf nochmal Annes Handy an.

„He Nieno, sag, ist das Wasser ein Fluss oder ein See?"

„Guutefrage", antwortet Nieno, und ich merke, dass

er schon ziemliche Artikulationsschwierigkeiten hat. „Also, was Längliches mit Wasser drin sehe ich hier nicht. Insofern würde ich sagen: See", sagt er.

„Mainparksee!" rufe ich, aber Nieno, lacht. „Gibt's da 'ne Kneipe?"

Wo zum Teufel gibt's bei uns Strandkneipen? Meier! Eddy! Immer, wenn man die mal braucht, tauchen sie unter. Ich kratze mir beinahe die Haare vom Kopf. Niedernberg, fällt mir plötzlich ein. Da gibt's jede Menge Seen. Aber wenige mit 'ner Kneipe. Doch es gibt welche. Und die kenne ich.

„Wir fahren nach Niedernberg zu dieser Kneipe am See. Da sind sie. Garantiert", belle ich Stromi an wie ein Oberst, und er zuckt zusammen. Aber er startet gehorsam den Achtzylinder.

„Das Ding säuft wie ein Loch", sagt er, „wir müssten mal tanken."

Ich schau mir die Nadel an, kurz vor Rot. „Quatsch, das reicht", sage ich. Die Blumen auf dem Benz sind mittlerweile ziemlich zerfleddert und irgendwie auch lästig.

„Halt mal an", sag ich unterwegs zu Stromi.

„Hör zu, wir befinden uns auf der B 469!" sagt Stromi. „Das ist, wie jeder weiß, eine Schnellstraße! Da kann man nicht einfach so stehenbleiben. Nur weil der Herr es in seiner unendlichen Weisheit wünscht."

„Halt mal an."

Ich reiße das Grünzeug von der Motorhaube runter und schmeiße es über die Leitplanke. Da die B 469 weder einen Stand- noch einen Beschleunigungsstreifen besitzt, genießt Stromi das Privileg, beim Losfahren den Sechskommadreiliter mal so richtig zu scheuchen. Ungeachtet der Tankanzeige. Im Ernst: Für diese Mission ist der Mercedes erste Wahl. In so einem Wagen verliert man einfach nicht so schnell die Nerven. Eigentlich bin ich ja froh, auf der Suche zu sein, nicht nur weil ich in dem geilsten Auto der Welt sitze. Sondern auch, weil es mir auf der Hochzeit sowieso nicht mehr gefallen hatte.

„Sag mal", sagt Stromi bei mittlerweile hundertachtzig, „was ich dich schon immer mal fragen wollte: Wie kriegst du das hin, dich immer wieder zu motivieren, für irgendeinen Kram zu schreiben. Wo du doch weißt, dass kaum einer das liest?"

„Der Ehrgeiz. Das ist die Motivation", antworte ich. „Du musst Bock drauf haben, es so zu schreiben, dass es jemand liest. Du musst es selber gerne lesen wollen. Die Leute in den Text reinziehen. Fängt immer mit einer geilen Headline an. Wenn du die nicht hast, kannst du es gleich vergessen."

„Trotzdem", sagt Stromi, „lese ich so Werbung gut wie nie."

„Das ist egal", sage ich, „aber du nimmst sie wahr. Unterbewusst. Da bleibt immer mal ein Textfetzen hängen. Und weißt du was? Das meiste, was ich schreibe, ist sowieso nur Gestaltung. Grauwert in einer grafischen Fläche. Die ohne Text halt einfach blöd aussehen würde."

„Aha", sagt Stromi, „sehr befriedigend."

Stromi parkt den heftig knisternden Benz oberhalb der Kneipe. Im Grunde genommen ist es ja nur ein Kiosk mit ein paar Bierbänken vornedran. Niemand sitzt draußen. Also sind sie hier auch nicht.

Aber ich hab Durst.

„Da brauchen wir gar nicht runterzugehen", sagt Stromi.

„Komm, nur ein Bier zischen."

„Und ich 'ne Apfelsaftschorle", mault Stromi.

„Sonst bist du doch auch nicht so streng?"

Wundert mich schon ein bisschen, weil Stromi eigentlich immer besoffen fährt. Mit dem Auto, nie auf dem Moped.

Wir haben uns eine Bierbank an den Sandstrand gestellt. Das Bier tut gut. Ich gönne meinen beiden Linsen eine kleine Inspektion. Aber als ich sie aus dem Mund wieder in die Augen stupse, ist der Effekt gleich null. Ich seh immer noch scheiße. Wo zum Teufel ist Anne?

„Hoffentlich kriegt Anne nicht das Stockholm-Syndrom", sage ich. „Das kommt bei Entführungen ja immer mal vor."

„Quatsch", sagt Stromi, „nicht in der kurzen Zeit."

Mein Handy klingelt. Annes Nummer.

„Hey Fritz", lallt Nieno, „wir könn' beide nimmer f'n. Wennirnicht bald kommt, geschieht 'n Unglück!"

„Wir sind am Niedernberger See", sage ich.

„Ja Blödmann, dann dreh mal 'n Kopf!"

Äh ja. Da drüben leuchten die Licher des mondänen Seehotels. Ziel erfasst.

27
Strandgut.

Im Seehotel gibt's zwei Restaurants, eins oben, eins unten am See. Dort entdecken wir Anne und Fred, der schon schwer gezeichnet ist. Er hängt schief im Stuhl, eine Kippe verglimmt in seiner Hand. Drei Flaschen Champagner stehen kopfüber im Kühler. *Das wird teuer …*

Anne fällt mir um den Hals. „Mein Held! Schau dir meine Entführer an. Komplett hinüber."

„Haben sie dir etwas angetan?" frage ich streng.

„Ich wurde gezwungen, Weizenbier zu trinken."

Ein schwerer Vorwurf, wenn man weiß, wie sehr Anne Weizenbier hasst.

„Wo ist eigentlich Nieno?" fällt mir ein.

„Beine vertrtn", murmelt Fred.

„Der ist aber schon 'ne ganze Weile weg."

Anne scheint besorgt zu sein.

„Der kommt schon wieder", sage ich. „Gibt's was zu rauchen?"

„Du kannst doch hier im Seehotel keinen Joint rauchen!" zischt Anne.

Stimmt. Ich bestell mir ein Bier. Als ich meine Halbe ausgetrunken habe, ist Nieno noch immer nicht da.

Mehr zu trinken, kann ich mir sowieso nicht leisten, wenn ich den Schampus dazurechne. Da kann ich auch gleich Nieno suchen gehen. Mit dem treuen Stromi mache ich mich auf den Weg.

Wir gehen in Richtung einer Halbinsel, die in den See hineinragt. Am Steilufer stehen Sonnenliegen herum, auf denen die Gäste sich tagsüber dem Chillen hingeben. Heute ist glücklicherweise Vollmond, es ist gar nicht mal so dunkel.

„Ich seh' ihn", ruft Stromi plötzlich und fängt an zu laufen.

Tatsächlich: Da liegt Nieno auf dem Rücken. An einem Baum und genau zwischen zwei Sonnenliegen. Sein Penis hängt schlaff aus der Hose.

„Der ist beim Pissen eingepennt", konstatiert Stromi, „anders kann ich mir das nicht vorstellen."

„So was ist mir noch nie passiert." Und ich bin schon schusselig.

„Also das ist ja schon peinlich, oder?" sagt Stromi, „ein angehender Arzt liegt hier rum mit Pimmel aus der Hose ..."

„Jedenfalls muss er hier weg, komm, fass mal an", befehle ich.

„Nee, nee, nee", sagt Stromi total lässig, „ich hab's im Kreuz. Der soll mal schön selber laufen. He, Herr Doktor. Notfall! Mayday! Ich muss genäht werden!"

Stromi tätschelt Nieno sachte die Wange.

„Wassis, wo ..."

Ein Lebenszeichen! Tot ist er schon mal nicht. Wir nehmen Nieno unter den Arm und schleifen ihn unter Stromis Protesten zum Weg. Während der Pimmel hilflos aus der Hose baumelt.

„Das sieht kacke aus, man müsste das Ding mal reinstopfen" sage ich leicht keuchend, denn Nieno ist sackschwer.

„Ich fass' den nicht an!" sagt Stromi empört. „Und ich seh auch nicht ein, den bis ins Restaurant zu schleppen. Da ist doch vorhin so ein Typ mit Elektromobil rumgedüst, kann der nicht Nieno ...?"

„Ja klar, das ist die Idee!" rufe ich.

„Dann hol' ich den mal schnell", sagt Stromi und befreit sich von der Nieno-Last. Bevor ich etwas sagen kann, ist er weg und ich hab Nieno alleine an der Backe.

Ohne Stromi auf der Gegenseite knicke ich mit dem – hab ich das schon erwähnt? – sackschweren Nieno auf der Schulter zusammen. Ich lasse Nieno ins Gras gleiten und hocke mich daneben. Ich bin fix und fertig. Total durch. In meinem Kopf tobt es, meine Ohren klingeln und die Augen – na ja, das erwähnte ich ja schon. Eine einzige Katastrophe. Mein linkes Auge juckt und ich reibe heftig mit dem Zeigefinger. Pling! Meine Kontaktlinse (diesmal die linke) kullert heraus. Weg. Die muss irgendwo in Nienos Schoß liegen. *Okay, es sieht wahrscheinlich anders aus, als es ist, aber es schaut ja niemand zu,* versucht mich Eddy zu beruhigen. Ich kneife mein linkes Auge zusammen und suche die Kontaktlinse, fünf Zentimeter über Nienos Pimmel. Zum Glück werde ich schnell fündig, denn was ich da mache, sieht verdammt noch mal ziemlich eindeutig aus. Einen Fingerbreit neben Nienos Eichel erblicke ich die Linse und tupfe sie vorsichtig mit dem Mittelfinger auf. Aber zu spät.

„Soll ich später noch mal kommen?"

Anne steht etwa fünf Meter von mir entfernt. „Quatsch. Meine Kontaktlinse ist mir rausgefallen …"

„Nicht nur das" , sagt Anne amüsiert und guckt sich die Bescherung an.

„Den müsste man wieder reintun", sage ich vorsichtig und deute auf den Pimmel.

„Pass mal auf", sagt Anne und klopft Nieno auf die

Wange. „Nieno, hörst du mich?" klopft sie weiter.

Und Nieno kommt zu sich.

„Äh, was?"

Anne packt sich Nienos recht Hand und führt sie zum Penis.

„Greif mal zu, Nieno."

Der ist schon wieder weggedämmert. Aber nach ein paar Klapsen reicht es zumindest für diese rudimentäre Körperfunktion. Wie mit einer Art menschlichem Kran hebt Anne Nienos Gemächt in die Hose zurück. Das Ganze sieht professionell aus, als hätten es die beiden stundenlang geübt. Ich bin echt beeindruckt.

„Reißverschluss kannst du ja zumachen", sagt sie.

Der Elektrocaddy vom Hotel kommt angejuckelt, und wir bugsieren Nieno auf die Ladefläche. Anne und ich kuscheln uns dazu.

„Ich hab null Bock auf diese Hochzeitsfeier" murmelt Anne in meine Achsel.

„Wir können uns nicht einfach so verpissen", sage ich, „ein bisschen Tschüss sagen müssen wir schon".

Mit einigen Mühen bugsieren wir Nieno und Fred in den Benz. Anne zwängt sich dazu – ich bestehe auf einer Krankenschwester im Fond.

„Immer wieder geil, so ein V8", sagt Stromi und gibt ordentlich Gas. Etwas zu schwungvoll, biegt er auf die Ausfahrt ein und bollert die schnurgerade Straße hoch. Auf einmal spuckt mein Baby. Und röchelt. Und bleibt stehen. Ohne Sprit.

„Ich hab's dir ja gesagt", singt Stromi fröhlich und schaltet den Warnblinker an.

„Na ja, besser als auf der Schnellstraße", sage ich.

„Dann fn wir em mit mei'm Pickup", meldet sich Fred. Nieno schläft.

Wieso mietet ihr euch hier kein Zimmer? meldet sich Eddy plötzlich, *die Hochzeitsparty ist doch sowieso gelaufen.*

„Ja, warum eigentlich nicht?"

Anne guckt mich an.

„Stell dir vor", sage ich zur erstaunten Anne, „wir würden uns hier ein Zimmer mieten."

„Du hast doch vorhin gesagt, wir müssen uns noch verabschieden?"

„Dann hab ich meine Meinung eben geändert."

„Klar, warum tun wir's nicht? Die Hochzeitsfeier ist doch sowieso gelaufen."

Prima, überzeugt. Aber mir fällt was ein: „Was ist, wenn die das jetzt um diese Uhrzeit nicht mehr machen?"

„Die machen das, wenn du das willst."

„Und was ist mit Nieno und Stromi und Fred?"

„Nieno kann doch auf dem Rücksitz pennen. Oder er fährt mit Stromi und Fred zurück."

„Ja, dann machen wir das doch."

„Ich will aber mit Blick auf den See", sagt Anne.

Es kostet mich 50 Steine extra. Aber was tut man nicht alles? Vor allem für diese Frau? Wir stiefeln die Treppe hoch und mir geht dieser verrückte Tag durch den Kopf. Sex and Drugs and Rock 'n Roll. Handlungen am Rande der Legalität. Hoffentlich kotzt Nieno nicht mein Auto voll.

Als wir im Zimmer sind, sagt Anne: „Sag mal, kannst du echt keine Kinder machen?"

„Keine Ahnung, ich hab's noch nie probiert."

„Dann könntest du jetzt ja mal damit anfangen."

„Ich denke, du willst keine Kinder?"

„Mann, Fritz! Das hab ich nur gesagt, um meinen Vater zu ärgern. Klar will ich Kinder!"

„Du meinst, so richtig Familie gründen und so?"

„Yes."

Früher wäre ich schon bei dem Wort Kinder schreiend davongelaufen. *Vor ein paar Wochen wolltest du noch nicht mal heiraten!* kabelt *Meier.* Ich erkenne mich selbst nicht wieder.

Genau meldet sich Eddy *du bist auf dem besten Weg, der absolute Langweiler zu werden.*

„Lassen wir's drauf ankommen."